MILLE ET UNE FAÇONS

DE MOURIR

Sébastien Houde

Mille et Une Façons de Mourir

Éditions Contre Vents et Marées

1

Avez-vous déjà été mort auparavant ? Ah non ! C'est donc la première fois que vous allez mourir. Selon tous mes clients, la première fois est la meilleure. Pourquoi avoir attendu aussi longtemps pour tenter l'expérience ? Vous dites à cause du prix si élevé. Mais sachez que le jeu en vaut la chandelle. Vous ne voudriez quand même pas que je vous offre à un prix dérisoire cette chose tant convoitée. Aujourd'hui, tout coûte cher ! Je ne me souviens plus la première fois que j'ai entendu cette expression, mais je peux vous dire que vous n'étiez pas au monde. La solution pour arrêter l'hémorragie, et ainsi éviter que les prix ne gonflent encore plus, serait de retracer celui qui a utilisé l'expression pour la première fois. Bien sûr qu'il est mort, mais nous pourrions alors savoir où et quand les choses ont commencé à coûter cher. Cela demanderait une analyse poussée et des mois de recherche pour finalement découvrir que notre homme était un poète médiocre, mais aimé d'une commère. Notre troubadour ne sachant trop comment finir son dernier torchon utilisa cette expression en guise de derniers vers. Sa bien-aimée, aveuglée par l'amour, alla raconter à tous à quel point son homme avait écrit un chef-d'œuvre. Les premiers qui se jetèrent sur le poème en question le trouvèrent horrible, mais, au lieu de le lancer à la poubelle, propagèrent la nouvelle afin que tous puissent lire l'incohérence des derniers vers. Un battement d'aile de papillon de plus ou de moins, et nous aurions inventé la machine à voyager dans le temps. Nous serions partis tuer ce poète avant qu'il ne commence sa dernière strophe et, aujourd'hui, nous serions plus riches que nous le pensons vraiment. Nous dirions tout coûte juste ! Mais je m'écarte du sujet. Veuillez pardonner mes délires et dites-moi que vous n'ignoriez pas que chaque chose a son prix. C'est bien ce que je croyais. Les jeunes aujourd'hui en savent beaucoup plus que nous en savions en notre temps. C'est normal, vous êtes pressés d'apprendre et si vous êtes devant moi, c'est que mourir est une urgence.

Vous dites que vous êtes capable d'attendre encore un peu ? Et bien, pour vous attendre ne signifie pas patienter, mais vous permet d'informer votre interlocuteur de votre impatience d'une façon polie. Votre hâte ne me dérange pas vraiment, j'ai vu des gens moins courtois dans ma vie et laissez-moi vous dire que je préfère de loin votre politesse à la grossièreté des gens médiocres. Alors dites-moi, pourquoi êtes-vous ici ? Cela vous intrigue ! Vous voulez savoir ce qu'on ressent lorsqu'on vit la mort des autres. À vous de voir, car à mes yeux la sensation est indescriptible. Il y a des lunes que je n'ai pas trépassé. Des fois la mort me manque, mais je dois malgré tout vous mettre en garde. Vous êtes chanceux, je n'offre pas mes bons conseils à tout le monde. Avec certains, je n'essaie même pas de les convaincre que la mort n'est pas l'unique issue, pour tout vous dire, je m'en fous complètement. Je leur vends mon produit et ils me restent fidèles. Votre cas est différent. Pour une raison que j'ignore, votre bouille m'est sympathique. Je prendrai donc le temps nécessaire afin de vous expliquer pleinement ce que vous vous apprêtez à acheter.

2

Premièrement, je dois vous dire que je n'ai pas toujours été dans le domaine des affaires. Cela fait de nombreuses années que cette entreprise existe et elle a jadis connu un succès fou, mais, avant ce projet, j'étais un homme de science. Ma spécialité, l'effet des événements extrêmes sur le cerveau. Les gens qui désiraient participer à nos expériences avaient tout simplement besoin de porter un implant dans le cerveau qui nous fournissait toutes les données nécessaires et, s'ils s'engageaient, ils devaient le faire jusqu'à leur mort. Bien évidemment, je ne pouvais pas forcer personne à garder un implant dans sa tête jusqu'au cercueil, mais en faisant croire que le retrait de la puce électronique pouvait causer des dommages IRRÉPARABLES, aucun participant n'a osé déserter l'expérience. Pas un seul ne s'est demandé ce qui pouvait bien être bousillé si j'effectuais le retrait de l'implant. Tous assumaient qu'il s'agissait de leur précieux cerveau. À moins bien sûr que l'objet de leur inquiétude était l'implant, ce qui m'aurait énormément surpris. Dans un tel cas, une telle anxiété pour un si petit morceau de silicium aurait été une bonne raison pour consulter un spécialiste de la folie.

Notre cerveau, vous voyez, il se défend contre les chocs. Personne ne veut souffrir, lui non plus. Nous recevions au labo les données d'un soldat en pleine guerre en Afrique du Nord, d'un planchiste dévalant les pentes à toute vitesse afin de fuir une avalanche qui le suivait de près. Ce ne sont que des exemples ! Nous avions mis une puce cérébrale dans le cerveau de quarante mille personnes comme eux, certains à leur insu. Je suis conscient que ce raccourci expérimental est malhonnête, mais osez me lancer une pierre et je saurai que vous êtes menteur. Même si la curiosité nous amène souvent à faire de grandes découvertes, la force d'un homme a ses limites et si un chemin plus facile lui est offert, il le prendra. Faites-moi confiance là-dessus. J'ai déjà pensé que j'étais le surhomme tant attendu, on le pense tous lorsqu'on a la jeunesse. Cette pensée ne vous a-t-elle jamais effleuré l'esprit ? C'est ce que je croyais. Maintenant que je ne doute plus de votre sincérité, je poursuivrai mon histoire.

Notre banque de données était alors bien remplie. Les cerveaux de tous ces cobayes réagissaient de façon si intense et si complexe face au danger. C'était comme une drogue pour tous ces adeptes de l'adrénaline. Vous savez ce moment où on a l'impression d'être vraiment en vie. Ce court laps de temps où l'esprit réussit à voir le présent. Il ne dure jamais vraiment longtemps. Nous passons la majorité de notre vie dans une zone de confort où notre activité cérébrale ressemble à un dimanche soir en pantoufles. Vous ne trouveriez pas cela fabuleux de faire osciller cette activité cérébrale dans des limites franchement plus grandes sans risquer la moindre blessure ? Avec la machine que j'ai inventée, voilà ce que je vous propose, mais comme dans tout, il y a deux côtés à la médaille, et vous devez prendre en considération le revers de celle-ci. Je ne veux pas vous faire peur, mais je dois vous dire que mon invention n'a pas eu l'effet escompté. Pas pour tout le monde en tout cas. En donnant la mort à mes clients, beaucoup d'entre eux n'étaient pas préparés à un tel choc. D'autres devinrent tout simplement accros ! Mourir devenait pour certains un moyen supplémentaire pour couper les liens avec le reste de la société. Quelques-uns furent tout simplement déçus. Je tiens à ce que vous compreniez ce qui peut vous arriver. Je ne veux pas passer pour un vieux grincheux. Tout cela s'est passé si vite et, *a posteriori*, il est facile de dire quelle voie nous aurions dû suivre. Peut-être aurais-je dû ne jamais inventer cette chose ? Je ne sais pas. C'est du passé, mais vous comprenez qu'un brin d'histoire nous permet de mieux saisir ce qui s'en vient. Ce qui a été écrit ne peut être effacé et si vous me dites que vous connaissez le secret afin de corriger les erreurs du passé, évitez de me le dire. En fait, je crois que je vous couperais la langue sur le champ pour éviter des ennuis encore plus grands.

Je me rends compte que j'ai tendance à passer du coq-à-l'âne. Ces vilains égarements sont peut-être dus à mon âge avancé. J'espère en tout cas que je ne vous donne pas mal à la tête ou que mon discours vous ennuie. Peut-être que je vous effraie ? Je n'en ai aucune idée. Vous me semblez assez solide, alors je vais poursuivre.

Nos expériences se déroulaient depuis quelques mois déjà et tournaient en rond jusqu'au jour où un des participants mourut dans un accident de parachutisme. Le classique vous voyez, le parachute ne s'est jamais ouvert. Il a frappé le sol et creusa lui-même sa tombe. Il aura eu le mérite d'épargner les forces du fossoyeur. La mort de cet homme a redonné des ailes à notre expérience. Si, au moins, lui en avait eu. Mais bon, peut-on vraiment souffrir de la mort d'un autre qu'on ne connaît pas ? Peut-être que oui, je ne sais pas. Pour ma part, je n'avais pas le temps de pleurer le triste sort d'un inconnu, toute mon attention était tournée vers le contenu de l'implant cérébral du parachutiste.

À la suite de l'analyse des données recueillies lors de sa chute, nous nous rendîmes compte que l'activité cérébrale au moment fatidique était d'une intensité incomparable à ce qu'on avait vu auparavant chez les participants en situation extrême. Les émotions semblaient être d'une complexité effarante. Le cerveau devenait en pleine ébullition et les sécrétions hormonales étaient abondantes. Du jamais vu ! C'est à ce moment qu'un collègue vint semer dans mon esprit l'idée qui fait de vous aujourd'hui mon client. Je me rappelle exactement ce qu'il a dit. Les gens seraient prêts à payer une fortune pour vivre une telle expérience. Cette idée a germé et mon ambition à cette époque ne connaissait aucune limite. Je détenais la solution au mal de vivre. Enfin, c'est ce que je croyais.

Je n'étais pas né dans une famille où l'argent avait une grande importance. En fait, mes parents œuvraient plutôt à entretenir le fragile tissu social qui existait encore. Alors faire de l'argent pour faire de l'argent, ce n'était pas dans mes gènes. L'idée que ce projet pourrait aider les gens à se sentir mieux apaisait ma conscience et me permit de concentrer toutes mes énergies au développement de la machine que vous voyez là-bas. Évidemment vous aurez toute l'information nécessaire quant à son fonctionnement, mais cela peut encore attendre si vous le permettez bien. Où en étais-je ? C'est ça, le parachutiste à l'équipement défaillant. Dans son cas, il ne faut pas mettre la faute sur le sol trop dur pour son corps mou, son cœur avait déjà explosé dans sa poitrine quelques secondes avant son atterrissage raté.

Vous êtes chanceux, aujourd'hui je n'attends personne d'autre. En fait, nous sommes fermés pour tout vous dire, mais raconter cette histoire par une journée de congé ne m'embête point. La plupart des gens viennent ici, et n'ont qu'une idée en tête, mourir. Ils n'ont que faire de ce que raconte un vieil homme. Ils s'assoient sur le fauteuil que vous voyez derrière moi, et là ils seraient prêts à tuer leur mère pour mourir. Eux n'ont même plus la décence d'attendre. Beaucoup d'entre eux me doivent encore beaucoup d'argent, mais comme je vous disais plus tôt, l'argent n'a jamais eu une importance capitale pour moi. Une chance pour eux. Dans le cas contraire, je leur aurais fait ce pourquoi ils figurent dans la liste des comptes à recevoir, mais au lieu de les revoir la semaine suivante, ils n'auraient jamais plus remis les pieds dans cet endroit.

Oubliez ce que je viens de dire. Je n'ai jamais aimé lorsque je m'emporte de cette façon. Faire semblant que si les conditions étaient toutes réunies, je pourrais être un gangster sans pitié. Tout cela pour récupérer ce qu'on me doit. Ce n'est pas moi ça. Ces comptes sont vite transférés dans les créances irrécouvrables. Vous dites que je dois être en colère ? Fâché ou pas, je peux au moins vous dire que je dors bien la nuit, et cette paix d'esprit ne s'achète pas. De toute façon, n'ayez crainte, je paie mes factures. Les bons payeurs sont nombreux, et le pain sur ma table est toujours frais. Vous m'excuserez quelques instants, mais à mon âge le seul organe hyperactif qui me reste me fait signe qu'il doit être vidé.

Vous aimez les nouvelles salles de bain ? Vous croyez réellement qu'elles empêchent les gens de mourir prématurément ? Constamment s'inquiéter de son équilibre corporel ! Laissez-moi vous dire, la vie est une question de déséquilibre. Vous, par exemple, vous semblez avoir du potentiel. Alors si vous n'avez jamais été placé dans une situation nouvelle où vous devez exploiter tout ce potentiel, comment allons-nous savoir vous et moi que vous en avez si vous êtes en parfait équilibre dans un confort douillet ? Vous dites qu'à mon âge il est normal de s'inquiéter ? Je ne vois pas pourquoi. Pour ma part, j'ai fait tout ce que j'avais à faire. De votre côté, vous n'avez même pas appris ce que j'ai su faire. Connaissez-vous le sentiment du devoir accompli ? En effet, veuillez m'excuser. Je n'aime pas ce combat perpétuel, mais je m'y suis laissé embarquer. Les jeunes pensent que les vieux sont tous grincheux et ces derniers pensent que la jeunesse n'a jamais rien accompli. Il y a fort longtemps, je pensais que j'étais au-dessus de ce choc des générations et tous les stéréotypes et les préjugés qui vont avec. On a beau s'enfler la tête, on est humain et on finit par redescendre sur terre. Un homme doit avoir l'humilité de ses connaissances. Je poursuivrai mon idée sans embêter la fougueuse jeunesse.

Comme vous le savez sûrement, à moins que vous supposiez que le seul organe hyperactif qu'il me reste ne soit pas la vessie, je suis allé uriner il y a quelques minutes à peine, et la machine qui s'abreuve de mes déchets m'a informé que mon taux de fer était trop élevé. Elle m'a dit autre chose, mais je n'ai pas bien compris. Peut-être m'a-t-elle simplement souhaité une belle journée, mais à mon âge, l'acuité auditive n'est plus ce qu'elle était. Cela a du bon vous savez de seulement entendre le nécessaire, mais si vous étiez affecté par la même dégénérescence, vous seriez probablement parti il y a bien longtemps, et je m'en trouverais navré. Alors cette toilette nouvelle génération, qui s'accommode bien de ce qui n'a aucune utilité nutritive pour mon corps, m'informe qu'il y a peut-être un problème. Peut-être que ce déséquilibre est-il utile si, en ce moment même, cette ingénieuse usine qu'est mon corps nécessite plus de fer. Tantôt j'irai revoir ma diseuse de bonne aventure, et les nouvelles seront peut-être moins sombres sans que la médecine ne s'en soit mêlée. Bien évidemment, je n'en ai pas contre elle, je suis un homme de science. Pourquoi en aurais-je contre l'amélioration de notre qualité de vie ? De toute façon, croyez-vous réellement que ces machines soient fabriquées pour vos beaux yeux ? Vous urinez de l'or. Une nature inquiète serait prête à payer cher pour chasser l'inquiétude et inquiéter tout le monde chaque jour devient très payant.

La santé ce n'est pas constamment se regarder le nombril afin de déceler une anomalie. La fixation de cette cicatrice qui nous liait à la mère occupe une trop grande partie de nos pensées et donne des raideurs dans la nuque. C'est là qu'on oublie de vivre ! Le nombril c'est bien beau, mais il y a un monde immense tout autour. Mais attendez, j'ai toujours été d'une nature optimiste et je conclurai donc sur une note positive. Cette invention a quand même le mérite de nous informer sur les différents minéraux présents dans le corps humain et j'ai toujours été un fan de géologie.

Nous étions sur le point d'entrer dans le vif du sujet avec le parachutiste. Mon équipe et moi, nous nous attendions aux résultats obtenus. Ce n'est pas nouveau que la mort est une expérience intense et nous n'avons pas été très surpris par ces réactions cérébrales. Ce qui changea complètement la donne, c'est la mort d'un deuxième participant dans des conditions bien différentes. Un cas assez spécial, vous verrez. Tous les cas furent intéressants, mais certains produits que vous achetez ici sont plus populaires que d'autres. J'essaie malgré tout de conserver une offre assez diversifiée. Notre participant en question était âgé d'une soixantaine d'années. Un homme d'aventures ! Lui, il nous a priés de mettre notre matériel dans sa tête et nous ne l'avons pas regretté.

Par une soirée bien arrosée sur une plage mexicaine, il s'offrit une prostituée, peut-être deux, cela dépend du témoin qui raconte. Le corps n'a jamais été retrouvé, mais les rumeurs courent vite dans les rues de cette région. Alors pendant l'acte sexuel, au moment de jouir, le cœur de l'homme oublia le rythme régulier qu'il devait suivre et se mit à jouer des fausses notes, ce qui eut pour effet de crisper le reste de l'orchestre. Affolée, la femme impayée n'en fit aucun cas, de toute façon, il n'avait à ce moment que l'anus comme portefeuille, mais cela aurait été une honte, lui qui avait gagné son argent honnêtement durant toute sa vie. Il se retrouva alors seul sur la plage, délaissé par son amour des plus éphémères, avec derrière lui une mer agitée et montante de surcroît. Il était très affaibli, mais encore bien vivant lorsqu'une vague l'emporta au large. La mer n'allait pas laisser un aventurier s'échouer comme ça sur ses rivages et préféra l'amener en son sein.

Vous pourriez me dire qu'il n'y a rien de bien différent entre les deux histoires, qu'ils sont morts tous les deux, mais malgré que la faucheuse les a bel et bien touchés du bout de son doigt, la manière, elle, fut bien différente. L'oscillation de l'activité cérébrale de nos deux participants ne présentait pas la même courbe lorsqu'ils trépassèrent. Durant l'année suivante, des dizaines d'autres sujets connurent la mort dans des situations tout aussi différentes, ce qui permit de confirmer notre hypothèse. Nous allions dépasser les limites et ainsi permettre à l'homme de tout vivre y compris la mort.

Mais comment y arriver ? Bien entendu, vous aurez droit à une explication sommaire de la chose. Je ne veux pas vous embêter avec des détails techniques. Je m'y perdrais moi-même ! J'ai conçu cette machine il y a bien des années, je ne devais pas être beaucoup plus vieux que vous. Vous pouvez bien sûr approcher. N'était-ce pas le but de votre visite ? Comme je vous disais plus tôt, mon intention en fabriquant cette machine était d'aider les gens. Leur donner la chance de vivre des émotions si intenses, peut-être la mort leur donnerait-il le goût de vivre ? Hélas, dans la plupart des cas, on était loin de l'effet désiré. Pourquoi vivre si ce n'est que pour mourir ? Je détenais le remède à ce fatalisme. L'attente n'était plus nécessaire, vivre devenait futile. Nous en avons accroché un paquet je peux vous dire. Sachez que je n'ai aucun regret, aucun bras n'a été tordu, mais c'est à ce moment que le scientifique devint l'homme d'affaires que vous avez devant vous.

Alors, mon équipe et moi, parce que je dois vous dire qu'on ne fait pas cela seul, nous devions trouver le moyen de livrer notre produit à la clientèle et cette machine fut le résultat de nos recherches effectuées il y a de nombreuses années. Son fonctionnement est très complexe, mais sa fonction est facile à expliquer. Cette machine permet à mes clients de vivre la mort des autres. Voilà ! Et l'expérience est d'un réalisme, je peux vous l'assurer. Nous faisons voir à votre cerveau des combinaisons d'images, et ce dernier réagit à ces stimuli comme s'ils étaient réels. C'est comme un rêve, mais ici vous vivez la mort que vous aurez décidé de vivre. Je peux vous dire que tous les goûts sont dans la nature et que ceux qui viennent ici ont tous des raisons bien différentes pour vouloir mourir. Je ne comprends pas très bien la vôtre, mais nous aurons peut-être la chance de le découvrir si vous décidez d'acheter un produit.

3

Il est bien sûr de mon devoir de vous mettre en garde et de m'assurer que vous comprenez pleinement ce que vous vous apprêtez à acheter. Sachez que mourir a son lot de conséquences et que si vous appréciez votre vie, je ne vois pas pourquoi vous voudriez la perdre en cet endroit. Mais bon la curiosité humaine n'a point de limites et vous ne seriez pas le premier homme en santé à sortir mort d'ici.

Il y a déjà plusieurs années, un client est entré par la même porte que vous. Je ne l'avais jamais vu auparavant. Quelques jours avant sa visite, il avait perdu son frère qui s'était suicidé. Il avait appris l'existence de mon commerce par l'entremise d'un autre de mes clients. J'utilise maintenant une des voies de communication les plus anciennes pour faire la publicité de cet endroit et c'est le bouche à oreille. Je ne peux faire plus, car je dois vous informer que cette entreprise œuvre désormais dans la clandestinité. Vous étiez probablement au courant. Mourir n'a pas toujours été illégal, mais un jour une cliente est morte pour vrai. Cet événement a donné mal à la tête aux autorités ainsi qu'aux spécialistes de la langue. Imaginez la tête du coroner à qui on a demandé de quoi elle était morte. Mourir de mourir, c'était maintenant possible ! Le gouvernement n'a pas aimé cet incident et s'est mis à enquêter. Une chance que la bureaucratie est d'une lenteur. Au tout début, on a interdit l'expérience de mourir aux mineurs. Comme si je n'avais pas l'éthique pour le faire ! De toute façon, je les laisse aux soins du charbon et des diamants. Ensuite, ils ont ordonné qu'une telle activité ne soit plus pratiquée dans le quartier où était anciennement situé ce commerce. Certains gens ont le bras long et j'ai dû par la suite déménager dans un quartier moins riche de la ville. Ils ont ensuite interdit la vente, mais toléré la consommation. Mon commerce était alors sous haute surveillance pendant que des clients réguliers ne pouvaient plus avoir accès aux morts vendues ici. Certains d'entre eux se sont tués sans être assis dans ce fauteuil. Et si vous mourez ailleurs qu'ici, vous ne revenez pas. Alors tout le monde a dit bravo, le gouvernement s'occupe du problème ! Mais en vérité, quand le gouvernement dit qu'il s'occupe du problème, c'est qu'il le cache sous le tapis pour ne plus avoir à s'en occuper. Comment voulez-vous qu'on comprenne un problème si nous sommes incapables de le regarder en face ? Certains disent qu'on banalise si on légalise, moi je vous dis qu'on empire à vouloir bannir. Une loi de plus, c'est un criminel de plus, et on n'a toujours pas compris ou voulu étudier la nature du geste. Voilà que je m'échauffe ! Pardonnez mes emportements, mais si vous désirez mettre quelqu'un en colère, parlez-lui des vices de la bureaucratie.

Afin de retrouver notre calme, revenons au frère du suicidé. Sujet sensible également, mais se prêtant moins à la confrontation. L'homme en question est alors entré ici, comme je vous le disais, quelques jours après le décès de son frère. Il était chamboulé, ce qui est compréhensible pour un esprit faisant preuve d'un minimum d'empathie. Il voulait comprendre ce qui était passé par la tête de son frère lorsqu'il a commis le geste fatidique. Voulez-vous savoir comment il est mort ? On ne voit pas cela souvent. Selon l'homme, son frère semblait heureux et comme dans bien des cas de ce genre, il n'avait rien vu venir. De toute façon, j'aurais trouvé cela bizarre que l'homme me dise qu'il savait que son frère se supprimerait. Comme lorsqu'un pseudo-expert en finance vient dire que la dernière crise, il l'avait vu venir, que la faillite de cette grande entreprise aussi. Si c'était vraiment le cas, cet homme serait beaucoup trop riche pour gaspiller sa salive en tentant de convaincre les gens de son savoir que personne d'autre ne possède. Ah les chamans de l'ère moderne ! Mais revenons donc à mon client qui lui n'était pas doté de dons prémonitoires.

Le mort de notre histoire conduisait sa voiture sur un boulevard achalandé et s'est subitement arrêté sur le bord de la route. Il est resté dans sa voiture et, au moment où un camion lourd approchait à une vitesse relativement élevée, il a ouvert la porte du véhicule et s'est dirigé dans la trajectoire du camion avec sa tasse de café à la main. Le conducteur du camion l'a bien vu, mais il était trop tard. Aucune chance qu'il se rate ! Le café chaud renversé sur sa chemise blanche une fraction de seconde avant que son corps chiffonné atterrisse au sol cinquante mètres plus loin, n'avait plus la moindre importance. Vous croyez pouvoir comprendre un tel geste ?

C'est ce que je croyais. Bien sûr, ce que je pouvais lui offrir n'était pas une compréhension totale du geste de son frère puisque ce dernier était un individu à part entière avec des motivations et des craintes uniques à sa propre personne. J'allais seulement lui donner la chance d'effleurer la vérité. Ce que je lui ai offert, c'est une mort par suicide qui différait de celle de son frère, mais qui pourrait peut-être lui apporter l'information qu'il cherchait. Vous savez, il y a beaucoup de suicides et ceux-ci diffèrent par leurs motifs et leur manière de s'exécuter. J'avais en inventaire une mort qui, je crois, avait un style similaire à celle vécue par son frère. Un suicide brutal ! Mais détrompez-vous, car même si le suicide est brutal, il est planifié. Le suicide n'est jamais fait sur un coup de tête même si la planification ne dure qu'une fraction de seconde. Tout est relatif. Cette fraction de seconde peut représenter une éternité. Un moment de réflexion si intense où les connections neuronales se font et se défont à une vitesse dépassant l'entendement. Mon client allait se jeter devant un train, un métro pour être plus précis, et il n'allait pas pouvoir combattre cette pulsion.

Lorsque vous êtes branché à la machine que j'ai inventée, vous n'avez absolument aucun contrôle sur la suite des choses. Un rêve peut nous affecter et avoir un impact sur nous lors du réveil, mais vous devez comprendre que la mort peut avoir des conséquences beaucoup plus importantes. Ceux qui s'assoient sur ce fauteuil ne sont plus les mêmes lorsqu'ils se relèvent, et si vous aimez ce que vous êtes présentement, je vous conseillerais d'aller mettre vos fesses sur un siège plus sécuritaire que celui-ci. Il y a tellement de façons de s'évader dans la vie. Il est évident que bien des gens qui s'adonnent à la mort ressortiront d'ici après avoir trépassé et retourneront à leur vie normale sans aucune égratignure, mais je vous conseille fortement de ne pas vous fier aux statistiques. Avez-vous déjà vu un cygne noir ? Si vous n'en avez jamais vu, est-ce que cela veut dire qu'ils n'existent pas ? J'espérais cette réponse. Je ne m'attendais à rien de moins de vous. Une conclusion trop rapide aurait été le signe d'un esprit fort étroit et depuis que vous êtes entré ici, cela ne semble pas être votre cas.

Pour revenir à l'histoire de l'homme qui allait se jeter sur les rails tout juste avant l'entrée en scène du train, je dois vous dire qu'il présentait une instabilité émotionnelle apparente lors de sa visite et ce déséquilibre ne l'a pas aidé pour la suite des événements. Frapper quelqu'un qui est encore au tapis, c'est interdit à la boxe, mais la vie, elle, n'applique pas cette règle. Bref, cet homme a vécu la mort par suicide. Il s'est assis sur ce fauteuil, s'est enlevé la vie et s'est relevé quelques minutes après. Il a pris soin d'ajuster le col de sa chemise et de peigner ses cheveux. Il a payé le prix fixé avant sa mort et avec un sourire honnête et rayonnant, il m'a souhaité une très belle journée. Il a quitté cet endroit d'un pas décidé. Au moment où il traversa la rue pour aller rejoindre le pont juste en face, je remarquai qu'il avait oublié sa montre et son portefeuille. Il était déjà loin et, à mon âge, mettre un pied devant l'autre est une opération qui prend beaucoup plus de temps qu'au vôtre. Répéter le processus, n'en parlons pas. Mais il faisait très beau à l'extérieur et je n'avais rien d'autre à faire de la journée.

De toute façon, une promenade n'est jamais vaine et si jamais je n'arrivais pas à rattraper l'homme que je semblais avoir dérobé, selon toutes les apparences, je garderais ses objets et les lui remettrais le jour de sa prochaine visite. Ma décision était prise. J'attrapai mon chapeau et ma canne, mais au moment où mes vieux yeux regardèrent en direction du pont, ils ne virent que celui-ci sans personne dessus. Pourtant, mon dernier client y était quelques secondes auparavant et ce long pont n'offrait pas la possibilité de le franchir en un si court laps de temps, même pour le plus grand des sprinters. De toute évidence, être pressé comme il l'était de vivre la mort avant son temps, il courait peut-être plus vite que je l'imagine et a décidé de prendre ses jambes à son cou pour une raison que j'ignore. Il a sauté du pont vous dites ? Mais pour faire quoi au juste ? Mourir ? Peut-être bien, mais ne sautons pas à cette conclusion trop rapidement. Il a probablement enjambé le parapet et s'est élancé dans le vide sans hésitation, mais comment voulez-vous que j'en arrive à la conclusion qu'il soit mort ? Vous dites que c'est simple. Allons, je vais prendre le temps de décortiquer l'histoire de ce saut et nous allons voir s'il n'y a aucun doute possible sur la fatalité de la chute de cet homme.

Nous ne saurons jamais exactement ce que cet homme a vécu lorsqu'il était assis ici. Même si nous en avons une idée plutôt nette, une infime partie nous échappe et là naît le doute. Ce sentiment qui vous ronge si vous aimez le tenir en laisse, car plus vous voulez avoir le contrôle, plus vous sentez la fatigue qui vous gagne à force de tirer sur ce qui vous échappe. Je peux vous dire que pour ma part cela fait bien des années que ce sentiment ne me tracasse plus. Ne pensez pas que j'ai cessé de me poser des questions, ni ne suis tombé dans une lassitude que pouvait m'offrir un quelconque loisir aux propriétés hypnotiques. J'ai tout simplement la ferme conviction que bien des choses m'échappent. Je dois quand même vous dire que vous devriez faire preuve de scepticisme face à mon propos, je pourrais très bien vous dire quelque chose de différent demain. Et si vous êtes perplexe à propos de votre doute, êtes-vous maintenant certain qu'il n'a plus lieu d'être ou au contraire vous doutez encore plus ? À quoi je veux en venir ? Je veux simplement expliquer que malgré la conclusion que nous allons tirer, une partie de l'équation nous échappe et ceci peut avoir des conséquences très importantes sur la véracité de notre jugement.

Bien des gens pensent qu'ils n'ont pas d'œillères et ils ont raison. L'être humain n'en a pas besoin, il a tout simplement été conçu pour regarder à un endroit à la fois. Les illusionnistes l'ont si bien compris. Alors, avec ma vue inévitablement défaillante, conclure que ce client a sombré dans les eaux glacées de la rivière serait un acte des plus précipités. Je ne l'ai pas vu remonter à la surface, mais peut-être que d'autres l'ont aperçu plus loin. La raison de sa chute est également difficile à identifier. Le fait d'avoir vécu l'expérience du suicide quelques minutes auparavant ne veut pas nécessairement dire qu'il s'est jeté du pont avec l'intention de revivre l'expérience. Il a peut-être tout simplement chuté. Une personne était en train de se noyer et, d'un élan héroïque, il a enjambé le parapet afin de lui venir en aide pourrait également être une explication plausible. Vous dites qu'on a probablement donné la réponse à la télévision ? C'est possible, mais vous savez ce qu'on dit ? Si vous n'écoutez ou ne lisez pas les nouvelles, vous n'êtes pas informé, mais dans le cas contraire, vous êtes mal informé. Pour ma part, j'ai assez souffert dans ma vie, et j'évite donc les contacts inutiles avec le mal. Je vous suggérerais bien d'emboîter le pas, mais ce serait une erreur que d'inciter un jeune à rythmer sa vie sur celle d'un vieillard. Bref, si un jour ce client se décide à revenir, il sera des plus heureux, car sa montre fonctionne toujours, et ce, depuis plus de vingt ans. Par contre, son portefeuille contenait beaucoup d'argent à l'époque, et une bonne partie s'est aujourd'hui évaporée. On pourrait dire que le point d'ébullition est à l'eau ce que l'inflation est à l'argent. Cet homme est soit mort ou bien vivant, cela ne nous laisse pas beaucoup d'options, mais nous pourrions nous obstiner toute la soirée sur les différents scénarios possibles. Le temps pour arriver à une conclusion sûre et définitive est un luxe que nous n'avons pas. Nous avons encore beaucoup de choses à régler avant que la mort ne vous emporte loin de moi.

Permettez-moi de vous offrir un dernier repas. Certains sautent ce rituel, mais je suggère fortement à mes clients de manger avant de mourir. Vous aimeriez… ? Veuillez me pardonner, mais au moment où cette question est sortie de ma bouche, je savais très bien que j'allais devoir interrompre votre fantasmagorie culinaire, soit en complétant cette question ou bien en émettant une suggestion. En suggérant, je n'attends point de réponse de mon interlocuteur, mais habituellement, on complète en demandant si la suggestion fait l'affaire. Sans trop nous attarder aux particularités de la langue et à ses exigences, je vous propose un magret de canard que j'accompagnerai de légumes qui ont été cueillis ce matin. Étant confiant que ce plat saura vous plaire, j'aurai quand même l'amabilité de vous demander si ce menu vous plaît. Bien !

À vrai dire, je n'avais pas prévu passer autant de temps avec vous aujourd'hui, mais votre compagnie m'enchante, alors je prendrai le temps d'élaborer sur l'origine de la machine. Il serait erroné de dire que tout a commencé avec quelque chose en particulier, puisque ce quelque chose a lui aussi comme origine un quelque chose. Alors, rien n'a jamais vraiment commencé, mais un jour, la télévision a offert à l'humanité la possibilité de suivre en direct la vie de personnes parfaitement inconnues par celles confortablement assises dans leur salon. À cette époque, les gouvernements de différents pays occidentaux étaient accusés d'ingérence, surtout dans la vie privée des gens. Nous étions loin d'être des juges pénitents puisque nous ne nous rendions même pas compte que le gouvernement était beaucoup moins coupable que nous dans ce soi-disant voyeurisme. L'État n'a jamais eu d'yeux ! La téléréalité a été un des premiers symptômes de cette curiosité soudaine pour la vie de gens banals. Dès que leur face apparaissait sur le mur de la grotte, ils devenaient des dieux. La télé traditionnelle s'est érodée lentement pour finalement disparaître complètement.

Pendant que les esprits s'amollissaient devant *Jeanne et ses pignons roses* ou bien *Échangeons nos bobettes*, mon équipe et moi étions en train de tester la machine que nous avions pris plusieurs années à construire. Je dois vous dire que toutes ces émissions de télé ne m'enchantaient pas vraiment, mais après certaines journées de réflexion intense, je n'avais d'autres choix que de ramollir mon outil de travail. Alors, je m'assoyais confortablement sur mon divan et j'abaissais l'interrupteur afin de donner congé à mes réseaux neuronaux. Comme dans bien des domaines, j'aime la simplicité. Celle-ci possède souvent la double qualité d'être efficace. L'émission que je préférais n'avait donc rien de bien complexe. Rien à voir avec *En cachette sur la planète* où les participants étaient invités à jouer à cache-cache sur notre bonne vieille Terre. Celui qui devait compter devait le faire jusqu'à quatre-vingt-six-mille-quatre-cents. Le but du jeu était de se cacher le mieux possible, mais d'être finalement découvert, contrairement au jeu original. Et bien sûr, le public avait son mot à dire. Une personne qui se cachait, en laissant trop d'indices au chercheur, était vite bannie du jeu. Pour rendre le jeu encore plus intéressant, une équipe de pseudo-scientifiques venait commenter chaque joute. On voulait savoir si l'être humain possédait des dons kinésiques. Non, cette complexité, tant moyenne soit-elle, demandait trop d'efforts.

Chatouille ou grouille, quelle émission ! Soixante-quatre nouveaux participants à chaque semaine. Un duel pouvait durer quelques secondes ou parfois plusieurs minutes. On lance une pièce de monnaie et le gagnant chatouille en premier. Si l'autre participant grouille lorsqu'il est chatouillé, ce dernier est éliminé. Si après deux minutes, il est resté de marbre, les rôles sont alors inversés. Si après trois rounds, personne n'a grouillé, le public vote, et là toutes les raisons sont bonnes pour préférer l'un à l'autre. On laisse le soin aux gens de décider selon leurs préjugés. Chaque chatouilleur chatouillé doit vendre sa salade.

Un jour, une nouvelle émission fit son apparition et donna l'impression qu'on avait poussé le concept un peu trop loin. Pouvons-nous réellement aller trop loin ? Pensez-y un instant et vous verrez qu'on ne peut tout simplement pas aller loin, car ici, c'est partout. Mais bon, nous n'allons pas passer la soirée à tenter de dénombrer le nombre de dimensions formant notre réalité. Il paraît qu'il y en a dix ! C'est ce qu'on dit, mais on ne les a jamais vues. Revenons à nos moutons si vous le permettez.

Laissez-moi vous décrire brièvement l'émission en question. Son nom, *C en direct.* Bien évidemment, ça ne l'était pas. Pour donner des rires et des larmes, il nous faut un humour des plus sublimes ou bien une salle de montage remplie de robots. C pour cancer. Dix candidats. La durée, inconnue. L'émission nous présentait la fin de la vie de dix personnes à qui un cancer généralisé avait été diagnostiqué. On voyait les participants rire et pleurer, surtout pleurer sur fond de violon et piano, et les plans au ralenti étaient très souvent utilisés, ce qui augmentait l'effet du drame chez le téléspectateur. L'émission présentait au public la déchéance et le courage de cancéreux qui attendaient la mort comme une tape sur l'épaule bien méritée. On sentait vraiment que le téléspectateur vivait la mort d'autrui à chaque fois qu'un des participants trépassait. La douleur était transmissible. Certains disaient que regarder ces inconnus cancéreux leur permettait de se préparer lorsque leur jour à eux viendrait. D'autres voyaient dans cette expérience le transfert de leur esprit dans un autre corps. Une révélation, quoi ! L'expérience sensorielle générée était palpable. Avec *C en direct*, on permettait aux gens rivés devant leur petit écran de faire mourir une partie d'eux-mêmes sans que leur cœur ne s'arrête de battre. Je dois vous dire qu'il n'y avait aucun gagnant véritable, mais le dernier à mourir le faisait comme un roi. Les soins à la fine pointe de la technologie dans un oasis de paix étaient offerts. Pourquoi pas ? De toute façon, n'est-ce pas le but : se reposer en paix ? Avant que l'on découvre la fontaine de jouvence, pourquoi devrions-nous mourir dans des atroces douleurs ? L'être humain est obligé de mourir et cette règle semble inviolable. Pour le moment, car prenez l'exemple de la méduse Turritopsis nutricula, la vie éternelle pour elle n'est pas un fantasme. Peut-être que l'être humain arrivera un jour à ce stade. Comment alors les esprits se rafraîchiront-ils ? Le monde procède par itération, et je ne vois pas comment il pourrait continuer à évoluer si des yeux nouveaux ne sont pas là pour le regarder.

Mais sachez faire attention à cette analyse sommaire puisqu'à cette époque lointaine, l'évolution prendra peut-être un nouveau sens. La mort sera peut-être remplacée par une simple mise à jour de notre organisme et les machines irréparables seront recyclées pour le maintien de l'évolution. Pour le moment, ce n'est que science-fiction, mais que voulez-vous qu'on parle d'autre ? On regarde soit derrière ou soit devant. Je vois très mal comment nous pourrions regarder le présent, lui qui voyage plus vite que la lumière. Alors on s'active à réaliser le futur.

4

Vous qui êtes à un âge où la curiosité possède encore un peu de sauvage en elle, savez-vous en quoi consiste le kairos ? Je vous vois réfléchir, les signes ne mentent pas. Les yeux qui semblent regarder dans une direction, mais qui sont en réalité tournés vers l'intérieur, la bouche légèrement entrouverte afin d'attraper un indice qui se retrouverait dans l'air, qui sait. Le menton entre le pouce et l'index en guise de doute et l'encyclopédie de poche prête à dégainer tout son savoir, cette bibliothèque portative, cette bible nouvelle. Détendez-vous, nous n'aurons pas besoin d'elle aujourd'hui. Le kairos, c'est le moment opportun. Kairos est un dieu grec représenté par un jeune homme pourvu d'une touffe de cheveux sur la tête. Lorsque celui-ci passe tout près, trois possibilités s'offrent à nous :

on ne le voit pas, on le voit et on ne fait rien ou
bien on saisit sa touffe de cheveux. Ceux qui
saisissent l'opportunité se retrouvent bien sûr
parmi ceux qui ont jugé bon de saisir la touffe du
dieu.

Vous aurez donc compris que l'ouverture des
portes de mon entreprise a coïncidé avec le
dernier épisode de l'émission de télévision qui fut
la plus populaire de tous les temps. Nous n'avons
pas lésiné sur les moyens. Ce devait être un début
flamboyant, une cristallisation dans l'histoire, un
remède au temps qui s'écoule selon un horaire
fixe. Nous avons invité des vedettes et nous les
avons tuées devant les yeux de tous ceux qui
regardaient. Nous pouvions rater notre coup,
mais qui risque rien n'a rien. Ce fut à la télé en
direct ainsi que sur Internet. La plus grosse
compagnie de boissons super-énergétiques était
notre principal commanditaire dans cette
aventure. Pas celle qui donne des ailes ! Celle où
le logo est représenté par un tyrannosaure jouant
de la guitare électrique avec ses dents acérées.
Les dirigeants de cette organisation étaient

hésitants au début, mais dès que nous leur avons dit que ça pourrait tourner mal, ils ont fait un chèque en blanc. Moi-même j'ai de la difficulté à m'imaginer à cette époque. Les vedettes qui crèvent, le champagne sabré par des lapines et moi qui jubile devant le succès.

Ce serait malhonnête de ma part de vous dire que cette soirée ne fut pas inoubliable. Vous comprendrez certainement. À vingt ans, on jouit de la vie et si à cet âge on ne s'exécute pas à faire comme il se doit, je suis persuadé qu'il doit rester un goût fade dans la bouche de celui qui n'a pas su s'abreuver de cette source. Le mieux, c'est de faire les choses au temps opportun. Saisir le Kairos à chaque fois qu'il passe. Aujourd'hui, je passe mes journées dans cette vieille boutique à balayer le sol, réparer les fenêtres, fixer la plomberie et je ne m'en plains pas. Je suis vieux et ces activités me plaisent. Je ne me verrais plus pisser dans un journal au sommet d'une colline entouré de chauds partisans juste pour manifester mon opposition au monopole journalistique représenté par la presse actuelle.

Engager un robot ? Pour faire tout le boulot que j'exécute ici ? Il ne me resterait plus grand-chose à faire à part contempler ce robot faire les choses à ma place. Le moment de la contemplation peut attendre.

Pardonnez-moi, je suis un peu distrait. J'avais complètement oublié que nous étions en train de souper. Avez-vous bien mangé ? Je m'en trouve ravi. J'aurais pu vous demander si vous en vouliez d'autre, mais je sais très bien que vous auriez répondu par la négative. Avec une seringue remplie d'un sérum de vérité plantée dans la cuisse, vous auriez peut-être flanché, mais votre retenue vous empêche d'en demander encore. Peut-être que je me trompe, mais n'ayez crainte, je n'essaierai pas de vous tirer les vers du nez afin de confirmer mon hypothèse. Vous êtes repu, bien. Vous avez encore faim, dommage. Voici ce que je vous propose en guise de remède à votre gêne. Lorsque vous quitterez cet endroit, il y aura un canard entier sur le tabouret près de la porte. Il est à vous. Puis-je vous offrir un digestif ?

Comme je vous disais plus tôt, la soirée d'inauguration de notre machine fut des plus mémorables. Cela n'a pas pris beaucoup de temps à la mort pour connaître le succès. Mourir était la tendance du moment. Dans les villes branchées de tout le pays, rares étaient ceux qui n'avaient pas encore connu cette extase. La liste des réservations était très longue. Connaître la date et l'heure exacte de son décès était maintenant possible. Nous n'étions jamais fermés. Mourir la nuit, pas de problème. Certains de mes clients venaient mourir avant d'aller travailler. Ils disaient que cela leur donnait un élan pour affronter la routine de leur morne quotidien. D'autres venaient après leur journée de travail, tout juste avant de rentrer chez eux. Ceux-là étaient beaucoup moins bavards quant aux motifs de leur visite. Toute une dépendance, je dois dire. Sur cent personnes qui essaieront l'héroïne, seulement une d'entre elles ne touchera pas à cette drogue à nouveau tandis que si vous mourez ici une fois, je peux vous garantir que vous allez mourir à nouveau, ça c'est sûr. Bien évidemment, vous dites ? Vous voyez juste, mais mis à part ce jeu de mots, comme je vous ai déjà mentionné, beaucoup sont devenus très friands du trépas. Personne n'y voyait rien de mal. C'était la cocaïne de l'époque. On s'envoyait en l'air et tout le monde aimait ça.

On partageait même ses expériences. Finir sa vie à deux ou en groupe, c'était maintenant possible. Plus besoin d'affronter le moment fatidique dans la solitude. Vous êtes entré ici plus tôt aujourd'hui dans le local d'une entreprise en déclin. À l'époque que je suis en train de décrire, le fauteuil que vous avez aperçu tout à l'heure, il y en avait des centaines, peut-être même des milliers éparpillés un peu partout dans les villes branchées de ce pays. Vous vous rappelez du parachutiste et de l'aventurier en manque d'amour ? Ceux-là ils sont morts seuls. Au moment de trépasser, il n'y avait personne avec eux. Je ne parle pas ici de proches au chevet d'une personne malade qui attendent patiemment que le dernier souffle arrive. Dans un tel cas, le mourant est effectivement entouré, mais ne vous méprenez pas, il quittera quand même ce monde dans la solitude. Je vais vous expliquer comment nous procédions pour faire vivre à notre clientèle une mort collective.

Il est impossible pour vous d'avoir ce souvenir puisque vous n'étiez pas né, mais vous avez peut-être lu à ce sujet. Il y a plusieurs années déjà, un avion est entré à pleine vitesse dans un gratte-ciel d'une grande ville du pays jadis le plus important du monde. Nul besoin de vous dire que cet avion n'est pas entré par la porte et que s'il allait vite, ce n'était pas parce qu'il cherchait les toilettes. Vous aviez compris ? C'est ce que croyais. Je dois encore avoir dans la tête les images des émissions que j'écoutais lorsque j'étais enfant. Des voitures qui parlent, des bateaux qui chantent, des arbres qui philosophent. Alors imaginer un avion qui s'installe sur sa queue, une aile sur la soute à bagage, l'autre en l'air pour interpeller un employé du rez-de-chaussée afin de connaître l'emplacement des toilettes les plus proches ne m'est pas impossible. De peine et de misère, le train d'atterrissage essayant de faire un nœud, l'avion comique se rend aux toilettes et expulse tous les bagages. Vous savez la morale de cette histoire ? Chacun doit faire son travail. Les valises avaient été mal pesées à l'aéroport. Ces émissions laissent une trace indélébile. Mais bon, je suis certain que vous connaissez déjà le processus d'implantation d'une idée dans une tête, alors tâchons simplement d'implanter la mienne dans la vôtre. Laquelle ? Je n'en ai pas la moindre idée. La fin nous le dira peut-être.

Pour le moment, oublions mon délire et revenons à l'avion qui a foncé tête première dans l'expression la plus phallique d'un architecte de l'ère moderne. Plusieurs personnes ont péri lors de cet événement. On a donné son opinion et on a tenté de décrire ses sentiments face à une telle situation. Je pourrais vous dire que cet événement ne m'a fait ni chaud ni froid, mais ce n'est pas vrai. À cette époque, je ne flirtais pas avec le cynisme. Il s'agissait d'un drame horrible. Le nombre de personnes touchées était exponentiel comparativement à celles tuées. Je peux très bien comprendre tout ça et je suis convaincu que vous le pouvez aussi. Par contre, au fond de moi il y avait cet enfant qui fait comme si de rien n'était, mais qui est si fier de son coup. Prenez par exemple une récession économique, il s'agit d'un phénomène désastreux qui a des conséquences souvent irréparables pour de nombreuses familles. L'argent, ça ne change pas le monde ! Vous savez aussi bien que moi que c'est des foutaises. Vous pouvez avoir le plus grand cœur qui puisse exister, mais si vous aviez parié que le marché s'effondrerait alors que tout le monde se voyait déjà plus loin que la stratosphère, comment pouvez-vous verser une larme quand vous savez que vous avez bien joué ? Pour tout vous dire, malgré l'imparfaite métaphore, le crash de cet avion m'a fait gagner beaucoup. Des personnes à qui nous avions implanté notre matériel dans la tête comptèrent parmi les victimes ce jour-là. Un couple dans l'avion, trois pompiers, cinq civils et un pirate de l'air faisaient maintenant partie de notre précieuse banque de données.

On a fait perdre beaucoup d'argent aux psychologues et aux autres spécialistes de la névrose. Fini les thérapies de couple ! Des couples dont l'heure de la séparation semblait très proche venaient s'asseoir dans un de nos bureaux et y mouraient, ensemble. On venait de changer les vœux du mariage. Le marieur ne prononçait plus l'expression populaire « Jusqu'à ce que la mort vous sépare » ! Maintenant, un couple pouvait se marier et rester inséparable même après la mort. Les couples s'envolaient, fonçaient dans un gratte-ciel, se désintégraient et allaient s'éparpiller un peu partout au gré du vent. Lorsqu'ils revenaient à eux et réalisaient qu'ils avaient une seconde chance, l'amour souvent se recristallisait. Bien évidememnt, vous pouvez comprendre qu'il n'y a pas de recette magique pour faire converger ce qui diverge, pas encore, en tout cas. L'univers peut dormir tranquille, sa courbure est à l'abri. Alors, malgré certains succès, je dois vous dire que dans plusieurs cas, l'effet contraire est arrivé. Réalisant tout le temps qui avait été perdu à être en compagnie d'une personne qui ne leur était pas destiné, certains refaisaient leur vie et partaient à l'aventure. Tout cela était bien beau quand les deux faisaient le même constat. Mais lorsqu'un des deux s'écroulait devant la dure réalité, je devais assister à une scène dramatique dont j'aurais pu me passer. Tout le monde peut faire preuve d'empathie et comprendre ce genre de situation, mais je vous mets au défi de trouver une personne sur cette planète qui assiste à une chicane de ménage sans ressentir un soupçon de malaise. Moi, j'avais des factures à payer ou des poches à remplir selon la journée du mois. J'offrais alors au client en peine un autre produit, et ce, à moitié prix.

Je me laissais aller au gré de ma générosité, une mort douce, par exemple. Un jour, deux personnes sont entrées et je reconnus l'une d'elles. À une époque très lointaine, cette femme m'avait ridiculisé devant toute la classe à l'école. En jeune âge, la façon de voir les choses est très différente de celle que nous possédons à l'âge adulte. Notre capacité à relativiser les choses n'est pas bien développée et c'est normal compte tenu du nombre peu élevé d'expériences vécues. Mais bon, cette leçon d'humiliation semblait avoir laissé des traces importantes puisque lorsque cette personne est entrée dans le bureau, le souvenir refit surface. Elle ne me reconnut pas, j'avais beaucoup changé et le souvenir que j'avais d'elle n'était pas le même que celui qu'elle devait avoir de moi. Chaque personne possède une mémoire unique. Bref, j'ai encore dû assister aux cris et aux pleurs d'un animal blessé.

Comme vous le savez, la vengeance est un plat qui se mange froid. J'ai donc conclu un marché avec l'enfant que j'étais. Elle pouvait oublier la mort douce. Je lui ai plutôt offert une mort lente et atroce en guise de bouée. Elle ne s'est jamais remise de cette expérience, elle ne pouvait plus vivre, mais ne voulait absolument plus mourir. Elle était prise entre les deux, le purgatoire, quoi ! J'aurais pu agir autrement et ne pas faire preuve d'autant de rancœur, mais sur le coup, la tentation d'arroser la personne qui fut jadis l'arroseur était trop forte et la meilleure façon que j'ai trouvée de me débarrasser de cette tentation a été de m'y soumettre.

Tous ces couples, nous les recevions souvent en fin d'après-midi ou en début de soirée. J'ai assisté à quelques reprises à ces morts en duo, mais je me suis vite lassé et j'ai laissé le sale boulot au reste de l'équipe. Que voulez-vous, c'était moi le patron. Je ne manquais jamais de respect envers les employés, mais je pouvais faire ma sortie d'acteur au beau milieu d'une scène sans me soucier de qui allait ramasser les pots cassés.

Et il y avait mon associé avec qui je devais partager et faire des compromis. Ce n'était pas toujours rose entre nous. Un soir, nous nous sommes quittés avec la politesse coutumière que des collègues peuvent avoir. Je ne l'ai jamais revu. Il s'est éclipsé sans laisser de traces. Personne n'a jamais retrouvé le corps. On aurait bien pu savoir comment il était mort, mais il avait décidé de ne pas compter parmi les sujets de notre expérience. Il n'avait pas de puce dans la tête. Sa disparition demeurera un secret. J'ai dû alors me retrousser les manches et travaillé deux fois plus. Deux fois plus de profit aussi ! Aucun membre de sa famille n'était venu me voir pour réclamer la moitié de l'entreprise. Avait-il une famille ? Je l'ignore. Je vous dirais qu'il n'avait rien d'un livre ouvert, un vrai mystère tout comme sa disparition. Peut-être était-il tanné de côtoyer ainsi la mort à chaque jour ? Il est parti refaire sa vie ailleurs. Peut-être que je n'ai jamais eu d'associé et que la fabrication de ce faux souvenir aurait été la conséquence d'un désir de partager les heures interminables que je devais passer au bureau. S'il a bel et bien existé, que Dieu ait son âme ! Pour le moment, j'aimerais conclure mon histoire de cet incident qui me donna de nombreuses morts à offrir à une clientèle de plus en plus exigeante.

Pendant que le reste de l'équipe faisait mourir les derniers couples qui avaient pris rendez-vous, j'allais me promener seul dans les rues de la ville. Avant la création de cette entreprise, je pouvais déambuler comme ça des heures durant sans but précis. J'observais l'architecture des bâtiments, je m'amusais à compter le nombre d'espèces d'arbres et de fleurs que je pouvais croiser sur mon chemin. J'observais les gens qui m'entouraient, je les voyais vivre. Tout ça fut bien différent après la mise en marché de mon invention. Je n'allais plus marcher pour relaxer et penser librement. J'avais complètement perdu l'art de savoir marcher. La pensée n'était plus libre, une seule obsession drainait toute l'énergie de mon esprit.

À chaque rencontre que je faisais sur le trottoir, je me demandais si la personne que je croisais avait notre matériel dans sa tête. Si c'était le cas, j'imaginais la façon dont cette personne pourrait mourir et ainsi devenir un nouveau produit prisé par ma clientèle. Après quelques heures à faire de la recherche et du développement de clientèle, je revenais au bureau. C'est à cette heure plus tardive que commençait le plaisir. Les clients du soir savaient s'amuser. Ils venaient vivre une mort collective. Pour la plupart, ils étaient jeunes et faisaient bien ce pourquoi la jeunesse avait été inventée. Ils vivaient à fond comme si inconsciemment ils savaient que leurs vingt ans s'envoleraient inévitablement un jour en fumée, mais cette pensée qu'un jour eux aussi vieilliraient ne semblait jamais les effleurer, des machines si bien huilées. C'est quand on commence à se poser trop de questions que des anomalies font leur apparition. La pensée doit suivre son mouvement naturel et comme la vie, elle doit couler. Des groupes de jeunes venaient fêter ici et s'élançaient dans la mort ensemble. Ils pouvaient être neuf au total. Comme je vous mentionnais plus tôt, trois pompiers, cinq civils et un pirate de l'air allaient tous mourir en même temps.

Vous vous demandez si je détenais de l'information sur le pirate de l'air ? Bien sûr que oui, j'aurais pu vendre les données de son implant à n'importe quelle compagnie afin d'en faire un consommateur des plus dociles, avant sa mort bien évidemment. J'aurais pu également demander très cher pour un spot publicitaire pendant l'agonie des clients, mais j'ai décidé de ne pas suivre cette voie malgré la possibilité de gains très alléchants. Je vendais la mort, mais pas les données. De son côté, le client ne devait rien savoir du sujet qui lui fournissait la mort qu'il achetait. Ce que je fais vivre comme expérience, ce n'est pas l'histoire de la personne et ensuite sa mort, c'est la mort point final. C'est un fix que je sers à ma clientèle. Les préliminaires, on les vit avant de s'asseoir sur le fauteuil, mais dès que vous y mettez vos fesses, vous partez sans avertissement. C'est rapide comme l'éclair. La mort n'est pas du genre à sonner avant d'entrer. Vous me demandez si l'information que je détenais sur le pirate de l'air aurait pu aider à sauver des vies par la suite ? Probablement que oui, mais j'ai toujours su conserver une éthique de travail irréprochable. Les uns qui, volontairement, mouraient pour le divertissement des autres signaient un contrat et nous prenions grand soin de leur expliquer que leur nom demeurerait confidentiel. Ceux qui participaient à l'expérience à leur insu n'avaient pas besoin de signer ce contrat, je ne connaissais même pas leur nom moi-même. Tout le monde y gagnait. Vous connaissez la loi Kennedy ? Une formule théorique toute simple. Si A détient une information qu'il ne transmet pas à B, alors si C demande à B de lui transmettre cette information, B lui dira qu'il lui est impossible de répondre à cette demande. Le but de ce processus est de faire croire à C que A n'existe pas et que seul B peut posséder une information à transmettre. Une tactique d'illusion qui est, somme toute, assez simple. Je vous disais plus tôt aujourd'hui, l'être humain n'a pas besoin d'œillères, celui-ci a été conçu pour regarder à un endroit à la fois. Si vous jouez le jeu, je vous donnerai un indice quant à l'identité du pirate. Il portait une barbe, mais celle-ci n'était ni rousse, ni blanche, ni noire. Cherchez un peu et vous trouverez peut-être. Allez, un café vous fera patienter un peu et me permettra de terminer mon histoire.

5

Cela faisait quelque temps déjà que le scientifique que j'étais avant cette époque flamboyante n'était plus. Trouver un remède au mal-être des gens via mon invention n'était plus le but recherché. De toute façon, mes clients ne réagissaient pas tous de la même façon comme je vous ai déjà mentionné. La mort était le moyen pour arriver à mes fins. Si je voulais plus de profit et être en constante expansion, il me fallait alors de plus en plus de morts. Je ne pouvais pas attendre patiemment dans mon coin, il me fallait être proactif ! N'ayez crainte, je n'allais pas jusqu'à entrer chez les gens pour les assassiner dans leur salon. Beaucoup trop risqué. Je m'y prenais d'une manière bien différente pour obtenir la mort par assassinat. Celle-ci peut avoir deux effets tout à fait contraires chez le client qui opte pour ce produit. Les deux réactions possibles sont en lien avec l'illusion d'être l'élu. Vous comprenez ? Chaque être humain ressent ou a pu ressentir ce sentiment au cours de sa vie. Il est présent en chacun de nous, mais à divers degrés. J'avais donc deux morts bien différentes en inventaire et à la suite d'une discussion avec le client, je choisissais selon son tempérament que je prenais soin de bien analyser.

Pour le premier individu présent dans ma banque de données, des bruits couraient dans les rues de la ville à son sujet. Vous devez comprendre que les bruits ne couraient pas vraiment, mais venaient tranquillement jusqu'à mes oreilles via mes clients. C'était une activité très branchée que de venir mourir ici et des personnalités connues provenant de divers milieux venaient s'asseoir dans mon bureau. Le milieu du crime n'y faisait pas exception. L'individu en question était une tête dirigeante d'un cartel de drogue et sa tête avait été mise à prix quelques mois plus tôt. Il avait entendu la rumeur, mais ce n'était pas la première fois qu'il entendait ce genre de chose. Il n'y faisait donc pas vraiment attention. Avec tout ce pouvoir et tout cet argent, peut-être pensait-il demeurer intouchable toute sa vie. Un sentiment de puissance énorme devait l'habiter. Un jour qu'il fêtait dans une de ses résidences privées en compagnie de femmes vêtues légèrement, un homme était en train de déjouer habilement chacun des pièges de la sécurité. Le jeune mafioso ne se doutait de rien. Il était plus givré qu'une fenêtre par une journée froide d'hiver. Silencieux comme un ninja, l'homme vêtu de noir fit irruption dans la pièce. Il enleva son masque et interpella l'autre. Il eut tout juste le temps de le reconnaître. C'était probablement le but recherché. Faire ça avec classe, de face et à visage découvert. Deux sifflements, une balle au cœur et l'autre dans la tête. Au moment même où l'homme s'effondra, toutes les filles tombèrent également, trop affolées pour maîtriser l'art de courir en talons aiguilles.

Il y avait également une autre personne qui allait subir un sort similaire, une femme. Une journaliste aux idéaux sans bornes, mais si fragiles, car jamais vraiment mis à l'épreuve. J'avais rencontré cette personne alors que nous escaladions le Mont Everest. Vous comprendrez que cette ascension n'est plus ce qu'elle était, bien que je m'y fusse préparé et que les conditions y soient plus rudes qu'ici. Mais aujourd'hui comme à cette époque, nul besoin d'être un surhomme pour atteindre le sommet de cette montagne jadis meurtrière. Le confort s'est emparé de presque tout ! Les robots qui ouvrent le chemin pour éviter de tomber dans une crevasse enfouie sous la neige. Des hôtels un peu partout dans la montagne, des spas et des salons de massage. On a tourné les coins ronds pour éviter que ce soit dangereux. Le nivellement par le bas n'est pas né d'hier. Les pentes trop abruptes ont été adoucies et les vents violents ont été supprimés. D'épais murs ont été érigés afin de permettre aux grimpeurs d'avancer sans avoir à négocier avec des rafales de vent qui auraient pu être mortelles. Plus besoin d'une bombonne d'oxygène lorsqu'on atteint le sommet. Un système sophistiqué s'occupe d'aller chercher l'air présent au pied du mont pour l'amener jusqu'à sa cime. J'ai même entendu quelque part que le propriétaire du mont comptait faire installer un ascenseur pour amener les visiteurs au sommet. Le gratte-ciel Everest avec ses boutiques souvenirs tout en haut. Le dépassement de soi a été domestiqué. Mais n'ayez crainte ! Vous n'y voyez que du feu. Une campagne publicitaire bien ficelée vous rappelle que vous êtes le héros. Nous avons effectivement atteint le sommet et observé l'horizon qui nous entourait. C'était sublime, mais j'ose imaginer que ceux qui avaient regardé ce spectacle après avoir eu mal et passé près de mourir, devaient avoir un regard bien différent du mien lorsqu'ils enlevaient leurs lunettes qui laissaient à leurs yeux, dégarnis de cils tombés à cause du froid intense, regarder à l'horizon. Ils se sentaient vivre !

Ah oui, j'oubliais. Vous prenez quoi dans votre café ? Désolé pour l'attente, mais n'ayez crainte, il est encore chaud. Ma volubilité me fait perdre ma politesse. Revenons à la femme que j'ai rencontrée alors que j'étais au Népal pour voyage d'affaires.

Une femme engagée et passionnée par son travail. Elle était journaliste-photographe et, après le Népal, elle voulait aller au Moyen-Orient dans la zone rouge afin d'y prendre des photos pour un projet de livre sur la guerre qui s'y déroulait. Elle était consciente des risques, mais le risque et la conscience de celui-ci sont deux choses bien différentes. Elle avait une excellente éducation et une grande vivacité d'esprit. Elle avait grandi dans une famille aisée, mais elle ne connaissait pas très bien la rue, son code et ses habitants. Ce n'était pas qu'elle était naïve, mais balancer quelqu'un qui sait nager dans une piscine, ça va. Ajoutez-y des vagues immenses, des requins, de la fatigue et de forts courants et la personne comprendra qu'il est réellement dangereux d'entrer dans un milieu hostile qu'on ne connaît pas.

Un soir, nous sommes allés manger dans un des restaurants au sommet du Mont Everest. Je lui ai parlé de mon métier, pas celui mercantile que j'occupe présentement, mais celui de spécialiste de l'effet des événements extrêmes sur le cerveau. Je lui ai dit qu'elle serait une candidate parfaite pour l'étude sur laquelle je disais travailler. J'aimais mieux lui dire cela que de lui avouer que je pariais qu'elle mourrait au cours de son voyage. J'aurais aimé vous dire que je souhaitais que son reportage-photo se déroule sans embûches et qu'elle reviendrait chez elle avec un contrat d'édition en poche. Peut-être aurait-elle rencontré quelqu'un de bien. Elle se serait mariée, aurait eu des enfants, se serait épanouie. Elle n'avait que vingt-cinq ans lorsque je l'ai rencontrée. C'est un bel âge, des souvenirs et des rêves à la fois. J'aurais aimé contempler sa beauté, mais je ne voyais plus les gens de la même façon. Pour moi, elle représentait un produit de plus à offrir et le voyage qui m'avait coûté une fortune devait être rentable. Elle accepta mon offre. Nous fîmes l'amour avant de nous quitter.

Je revins au pays et pendant plusieurs mois, je ne reçus aucune nouvelle d'elle. Je n'ai même pas eu le réflexe d'aller consulter sa fiche afin de voir comment se déroulait son activité cérébrale. Et un jour, à la télé, on annonça l'assassinat d'une photographe par un groupe armé. Ce groupe avait demandé une rançon jugée inacceptable par ceux à qui on demandait de payer. Le ou la chef de ce groupe, difficile à savoir quel sexe avec le visage voilé à moins que la femme soit pourvue d'une grosse poitrine et encore là un travesti voilé pourquoi pas, ne semblait pas avoir la patience nécessaire pour négocier. Au premier refus, le cou de la journaliste fut tranché.

Sa tête fut expédiée au président de son pays par colis express. Imaginez sa réaction lorsqu'il a ouvert la boîte, lui qui s'attendait à une série de livres que sa femme avait commandés pour lui. Il n'était pas censé savoir, mais son obsession pour l'espionnage lui avait révélé quels livres il pourrait lire en toute quiétude après la fin de son présent et dernier mandat en tant que président. Il aurait été bien déçu si les livres étaient arrivés en mauvais état. Il pouvait même appréhender que ce sentiment puisse être le pire qu'il pourrait ressentir en ouvrant la boîte. Alors passer de la joie à la déception, à l'incompréhension, au dégoût et à la peur est une descente vertigineuse. Le corps de l'homme ne put supporter cette chute et il fit une crise cardiaque. Sa secrétaire le trouva par terre gisant raide mort la tête entre les mains. Elle était entrée dans le bureau pour lui annoncer que sa femme était là pour lui remettre un paquet.

J'avais donc en main deux nouveaux produits à offrir à ma clientèle. Le gangster qui avait reçu deux balles et la journaliste-photographe à qui on avait enlevé la tête. Je ne choisissais pas au hasard lorsqu'un client me demandait une mort par assassinat. Certaines personnes qui entraient dans mon bureau et qui voulaient se faire tuer semblaient être imbues d'un sentiment de supériorité assez fort. En discutant avec ces gens, il était facile pour moi de voir à quel point ils se voyaient au-dessus de la masse. Ils se croyaient inatteignables. La plupart du temps, je renforçais ce sentiment en leur offrant la mort du gangster. Ils aimaient cela et revenaient souvent. Mais quand je voyais qu'ils me considéraient moi aussi comme faisant partie de cette masse insignifiante de gens qu'ils méprisaient, alors là ils pouvaient goûter à la mort de la journaliste-photographe. Se faire scier le cou les calmait un peu ! Je leur montrais la fragilité de leur vie et que leur mort pouvait se dérouler sans éclats et entourés de personnes qui n'ont rien à faire de cette mort de plus. Encore pire que des membres de la famille qui viennent au chevet d'une personne malade afin de vendre leur salade et ainsi voir leur nom figurer dans le testament. La mort pouvait être alors un stimulant ou bien un dépresseur. Les jours où je leur tranchais la gorge, ils repartaient sonnés et, d'un pas lent, ils traversaient le pont. Mais n'ayez crainte, la plupart revenaient au galop ayant oublié le voyage décevant qu'ils avaient fait lors de leur dernière visite. Mais certains changèrent complètement leur attitude après avoir connu la mort par décapitation.

Il y a quelques années, il y avait une femme, imbue d'elle-même, regardant les autres comme des pucerons et prête à les écraser à la moindre occasion. Une femme qu'on aurait probablement brûlée il y a plusieurs siècles. Après s'être relevée du fauteuil, elle fut changée complètement.

Modestement, elle sortit de mon bureau et plus jamais elle ne revint. Je vais taire son nom. Je raconte l'histoire de mes clients, c'est bien beau, mais la première fois qu'ils mettent leurs fesses sur le fauteuil, nous signons un contrat dont une clause est la confidentialité de leur identité. Je ne ferai pas exception ici. Mais je peux vous dire que la vie de cette femme a complètement changé, du tout au tout ! Elle fit le tour du monde afin d'aider les gens dans le besoin. Elle sacrifia complètement une partie d'elle-même. Après sa mort, sa réelle fin, le monde entier fut peiné. On alluma des bougies et versa des larmes. Des larmes de crocodile ? Certainement pas. Elle était vraiment aimée. Sans hésitation, on étudia son cas et rapidement on trouva des miracles qu'elle avait faits. Le pape à cette époque la canonisa sur le champ.

Un dessert pour accompagner votre café ? Pourquoi pas ? Et bien plusieurs raisons seraient bonnes pour refuser. La grande quantité de sucre contenue dans le gâteau que je m'apprête à vous servir. Surtout à cette heure si tardive. Cela pourrait vous tuer un jour ! Mais vous savez que la modération a bien meilleur goût alors voilà ! Cette époque florissante de mon entreprise que je suis en train d'évoquer depuis quelque temps déjà allait bientôt tirer à sa fin. Comme je vous disais plus tôt, à cette époque, tout le monde voulait mourir. On me confia même des contrats gouvernementaux pour l'accompagnement des mourants. Des personnes à qui l'on avait diagnostiqué une maladie incurable venaient me voir pour apprivoiser la mort. Je mettais tous les efforts pour leur fournir une mort la plus douce qui soit. Tout ce travail profitait au système. Mourir dans la dignité était maintenant possible !

Après les morts collectives qui se déroulaient la plupart du temps en fin de soirée, venaient les clients que je qualifierais de marginaux. Ceux qui optaient pour la mort collective étaient souvent des fêtards qui sortaient dans les discothèques après s'être tués. Ils venaient prendre ici l'apéritif et s'en allaient comme plusieurs gens de leur âge consommer leur jeunesse avec leurs semblables dans les coins branchés de la ville. L'ambiance de fête laissait place à un rythme beaucoup moins enjoué. Une ambiance glauque s'installait. C'était un non-dit. Dès que minuit sonnait, les masochistes devenaient la clientèle régulière. Tout le monde était invité, mais tous savaient que les masos traînaient ici à cette heure. Avec eux, rien de bien compliqué ! Ils voulaient une mort souffrante, horrible. Une mort que le reste de ma clientèle n'aurait jamais voulu acheter. J'avais plusieurs produits en stock à offrir à cette clientèle désireuse d'avoir une mort que personne ne voulait.

Un jour, un client est entré dans mon bureau. Il se présentait comme Jack l'aventurier. Ce n'était pas son vrai nom. Je lui avais offert la mort du parachutiste. Tout à fait banal pour ce type d'individu. Il en avait vu d'autres. Lui, il voulait aller où personne n'était allé auparavant. Il avait déjà vécu seul dans une forêt quelque part sur le continent sud-américain à chasser des insectes lorsque la nourriture se faisait rare. Il avait vécu ainsi pendant deux ans et avait réussi à survivre. Il avait également fait la traversée de l'Océan

Atlantique en solitaire sur un minuscule bateau équipé de deux rames. Une avait cassé en chemin ! Il avait quand même réussi à traverser avec vingt kilos en moins à l'arrivée. Il fut un des premiers civils à rejoindre la station lunaire. On pouvait proposer n'importe quel projet fou à Jack et il aurait accepté. Lui aussi nous a supplié qu'on mette notre matériel dans sa tête. Je ne sais pas s'il pensait réellement mourir un jour au cours de l'une de ses aventures. Après maintes victoires sur les forces de la nature, on croit peut-être à tort en son invincibilité ?

Un beau jour, il s'est en allé profondément dans une forêt où l'homme civilisé ne mettait plus les pieds depuis fort longtemps. Il voulait prouver qu'il pouvait amadouer une vieille civilisation de sauvages qui y habitaient. Je ne sais pas s'il a réussi son projet, mais je peux vous dire que lui, il s'est fait amadouer. Il fut transformé en festin et on ne semblait pas y manger sa viande cuite. Il fut donc dévoré vivant par une bande d'indigènes cannibales. C'était un produit fort apprécié par ma clientèle nocturne ! Il y avait également le piéton muet déchiqueté et soufflé par un employé sourd lors d'une tempête de neige, l'automobiliste écrasé, mais pas assez pour ne pas attendre quatre heures avant de mourir et la victime du supplice de la goutte d'eau.

Une certaine nuit, l'endroit où était anciennement situé mon bureau était rempli d'amoureux de la douleur lorsqu'un homme que je n'avais jamais vu auparavant entra. Il cria aussitôt qu'il payait la tournée à tout le monde. Tous acceptèrent sur le champ. Mourir gratuitement ne passe pas deux fois. Dès que tous furent assis dans un fauteuil, l'homme vint vers moi et me chuchota à l'oreille quelle mort il désirait offrir. Normalement, les gens choisissent eux-mêmes le produit, mais c'était sa tournée et, sans avertir les clients, je les propulsai vers le trépas. Le généreux personnage regarda la scène sans broncher. Il semblait être envahi d'un plaisir immense. Dès que ce fut terminé, avant même que les masochistes ne reviennent à eux, il leva son chapeau et me salua. Il repartit léger et satisfait. Je le suivis du regard jusqu'à ce qu'il disparaisse dans la nuit. C'est plus tard que je compris qui était cet homme et pourquoi il leur avait offert la mort la plus douce qui soit. Ce sadique leur avait offert la pire douleur, il leur avait fait du bien !

Vous aurez donc compris, à la suite de cette brève description d'une de mes journées types de cette époque, que mes nuits de sommeil étaient très courtes. J'étais très absorbé par mon travail et cette obsession me hantait jusque dans mes rêves. S'il y a bien une justice dans ce bas monde, c'est le temps. Vous pouvez le gérer comme bon vous semble, vous pouvez le perdre, en gagner si vous êtes méthodique. Trouver qu'il passe trop vite. En manquer ! Mais personne à ce jour ne possède plus de vingt-quatre heures dans une journée. Et même si j'avais inventé une machine qui permettait de saisir un peu plus la mort, le temps, lui, demeurait insaisissable. Les traces laissées par la vie trépidante que je menais commençaient à être de plus en plus apparentes. La fatigue s'emparait de moi et le temps pour m'en remettre devenait de plus en plus long. Je sentais qu'un jour je n'arriverais pas à sortir du trou, que mon pied glisserait et que je retomberais plus bas que le point de chute initial. Il me fallait un remontant, une bouée au pire ! Ce n'était pas clair pour moi. Le café n'avait plus aucun effet sur moi et je vapotais frénétiquement. Je me demande quelle pouvait être ma peur à cracher autant de vapeur ? Mon esprit ne voulait pas lâcher prise et l'insoutenable légèreté de l'âme pesait sur mes épaules comme un tronc d'arbre sur lequel on aurait accroché deux énormes seaux remplis d'eau à chaque extrémité. Je penchais vers l'avant. Mes poumons n'avaient plus la force de me faire bomber le torse. La seule solution, c'était la mort.

6

J'y goûtai donc. Un peu au début, j'ouvrais la boîte et je regardais à l'intérieur sans bien observer tous les détails et je refermais aussitôt. Je ne regardais pas l'interdit dans les yeux. Un accident de voiture le premier mois ! Une noyade le deuxième. J'étais en contrôle. Mon entreprise continuait de bien rouler et je semblais reprendre du poil de la bête. Il m'en fallait de l'énergie pour tuer tous ces gens. Je continuais à offrir des trépas de qualité et ma clientèle était toujours satisfaite. Mais un jour ou l'autre, lorsque le sommet est atteint, il est difficile d'y rester. Je roulais sur l'or depuis fort longtemps. J'avais fait la couverture des magazines à plusieurs reprises. On idolâtrait mon personnage. On voulait mourir de mes mains. Toute cette attention nécessitait de ma part une constante crispation des muscles de mon visage afin d'offrir au public le plus beau des sourires, comme celui que doit arborer le jeune garçon ou la jeune fille lors des réunions familiales afin de faire bonne impression. Avant de s'asseoir sur le fauteuil, de nombreux clients voulaient être pris en photo en ma compagnie. Certains me surnommaient la faucheuse souriante. Quelle honte pour un tueur si efficace !

Même si l'entreprise fonctionnait déjà depuis plusieurs années, lorsque je prenais du recul, je réalisais à quel point les choses s'étaient passées rapidement. Je n'essaie pas de jouer la victime, je suis tout à fait conscient que vous devez vous aussi avoir votre lot de problèmes. Mais la partie du récit que je m'apprête à vous raconter est beaucoup moins rose. Le clown devenait de plus en plus triste. Cela ne vous importune pas si je continue mon histoire ? Je serai ravi de continuer. Je vois que vous avez fini votre café. Puis-je vous offrir autre chose ? Pour ma part, ça sera un scotch et un cigare. Vous m'accompagnez ? Avec joie vous dites ! Je suis content de voir que vous gardez votre enthousiasme malgré l'heure tardive et les explications qui n'en finissent pas sur le produit que vous vouliez acheter en entrant ici. Mais que voulez-vous ? Je suis un vieillard en manque d'amour peut-être, mais il est impératif pour vous et moi que j'aille jusqu'au bout de mon discours. Scotch sans eau, cigare du cinquante et unième État, je vous allume.

La pire erreur que j'ai faite ? Je ne peux répondre à cette question, j'ai fait tellement d'erreurs dans ma vie. De toute façon, peut-on répondre à ce genre de question. Quel est le pire, quel est le meilleur ? C'est beaucoup trop vague, les nuances trop importantes. Au pire si vous ajoutez jusqu'à ce jour à la fin de la phrase, mais encore là. On avait déjà compris. Si Dieu le veut tant qu'à y être ! Je peux quand même vous affirmer que mon implication trop importante dans cette entreprise a été une erreur. Je vais me garder une certaine gêne quant à l'utilisation d'un adjectif souvent employé pour qualifier une erreur, car celle-ci n'a rien à voir avec la gravité. Ça n'a fait tomber personne ! Pour tout vous dire, si je n'avais pas commis cette erreur, les choses auraient peut-être été pires. Personne ne peut savoir. Cette possibilité s'est effacée depuis fort longtemps déjà et laissez-moi vous dire que la retracer serait un travail impossible pour le moment. Le code qui régit ce monde est beaucoup trop complexe à comprendre pour nos capacités actuelles. Mais veuillez excuser mes égarements. Vous savez tout comme moi que ce monde n'est qu'un voile derrière lequel se cache l'arrière-boutique où nous n'avons pas accès, mais continuer sur cette voie nous éloignerait de cette histoire que je dois terminer, mais si vous désirez reprendre cette discussion, nous pourrions aller au café Platon, ce n'est pas si loin d'ici. Un autre jour peut-être, après votre mort !

Comme je vous disais, j'aurais peut-être dû déléguer plus de tâches. Inventer la machine et la vendre à quelqu'un d'autre. J'aurais pu trouver un autre associé à la suite de la disparition de celui que j'avais. J'aurais bien pu ouvrir un magasin où l'on aurait vendu des bateaux à la place. Je m'en aurais moi-même acheté un. Passer mes matinées ensoleillées sur une mer calme à écouter le chant des oiseaux et le bruit des vagues. Saluer les autre marins pour respecter le code et porter un gilet ligné bleu et blanc pour être à la mode. Mon travail aurait déteint sur ma vie personnelle, mais quelle couleur ça aurait fait ! Ça aurait bien coulé, aisément. Mais là c'est la mort qui déteignait sur ma vie. Tout comme mes clients, je ne vivais que pour elle. Je ne voyais qu'elle et je n'étais plus certain de faire la différence entre la mort réelle des gens et celle simulée que je leur offrais lorsqu'ils me rendaient visite.

Tout a commencé à moins bien aller lorsque je goûtai à mon propre produit. En plus de la fatigue qui rongeait le peu d'énergie qui me restait, je devenais peu à peu dépendant du trépas. Chaque nuit, lorsque je fermais les yeux, c'était pour mourir. Je ne dormais plus. J'étais capable d'en prendre énormément. Avant que le soleil se lève, je pouvais mourir une dizaine de fois. Je cherchais l'extase de la première fois sans jamais la trouver. Là est le danger : la possibilité de refaire une chose qui normalement n'aurait jamais dû se reproduire. Lorsqu'on meurt, on meurt et c'est tout. Bien évidemment, il y a plein de mystères autour de cet événement. On se figure ce passage avec le bagage d'un vivant. On essaie de réfléchir sur une chose qui nous échappe complètement. La religion n'avait pas tout à fait tort en commandant d'avoir la foi. Je soupçonne même que des philosophes en manque de réponses sont à l'origine de cette confiance aveugle en la vie après la mort.

Je les imagine écouter leurs propres paroles pendant qu'ils exposaient toutes sortes de théories sur la nature humaine devant un auditoire désirant connaître la vérité. Un enfant qui écoutait le discours avec intérêt se leva pour poser une question. Le philosophe, ayant réponse à tout, s'arrêta et prit la coupure de son discours comme une chance d'être encore plus éloquent en montrant la vaste étendue de son savoir. L'enfant se lança : c'est quoi la mort ? Il aurait aimé mieux autre chose qu'une épine dans le pied. En pelletant un peu, il réussit habilement à mettre un peu d'enrobage autour d'une réponse qui signifiait simplement c'est le contraire de la vie. Vraiment ? Lui-même n'en était pas convaincu. Le soir même, il se rendit chez des amis avec qui il avait l'habitude de discuter de problèmes très généraux. Il exposa au groupe la question qui lui avait été posée par l'enfant plus tôt dans la journée. Les yeux en l'air, la bouche entrouverte, le menton entre le pouce et l'index. La réflexion se poursuivît ainsi pendant quelques minutes jusqu'à ce que l'un d'eux laisse échapper un long soupir. Un autre lui demanda alors de l'écrire. IOF ! Un autre s'exclama aussitôt : la FOI. Il se trouvait que ce philosophe, qui ne prenait pas le découragement de son collègue à la légère, provenait d'une autre région et avait été accepté par ce groupe lorsqu'il devint le mari de l'amie de la sœur de son voisin de gauche dans le cercle qui était présentement formé. Contrairement à ses pairs, il lisait de droite à gauche. Pourquoi chercher plus loin. Écrivons un livre et donnons les réponses à ces questions embarrassantes.

Je dois vous dire que les choses ne se sont probablement pas passées ainsi. Cette histoire imaginaire servait uniquement à illustrer mon propos. Cela fait des lunes qu'on ne comprend pas la mort. Sommairement, on tente d'expliquer le processus et malgré que certaines personnes nous cassent les oreilles avec leur phrase qui aurait bien pu sortir de la bouche d'un âne : garder ça simple et stupide, impossible ! Comme si la beauté ne pouvait pas être complexe. Alors devant cette complexité ultime, nous sommes encore sans réponse. Il s'agit d'un grand mystère puisque la mort n'est vécue qu'une seule fois. Peut-être alors les gens viennent se rasseoir sur le fauteuil dans mon bureau pour tenter d'élucider le mystère. Hélas, je n'ai jamais vu personne se relever en criant Eureka ! Le mot qui s'en approche le plus est Wow, mais la distance qui sépare les deux n'est pas seulement le nombre de lettres.

Ce fragile équilibre que je réussissais à maintenir n'allait pas durer éternellement. On scrutait mon entreprise à la loupe afin d'y trouver la moindre faille qui aurait pu la faire tomber. Les hyènes voulaient leur part. Je dois vous dire que pendant toutes ces années j'étais le seul à offrir la mort. Il y avait bien sûr le poulet du colonel, mais ça c'est une autre histoire. Le trépas des autres, c'était ici et uniquement ici qu'on l'achetait. L'obtention d'un brevet avait été ardue, mais on l'accorda. On ne comprenait pas trop au début, alors on dicta que personne ne pourrait jouer le rôle de la faucheuse à part l'entreprise que je dirigeais, et ce, pendant quarante ans. Je pouvais tuer sans risquer la cryogénisation forcée.

À votre âge, vous ne voyez pas le temps de la même façon qu'un vieil homme comme moi, mais je peux vous dire que quarante ans, c'est un claquement de doigts ! Alors dans un contexte d'affaires où des corporations recherchent la vie éternelle, ce laps de temps peut être réduit au frôlement des doigts avant le claquement de ceux-ci. On savait qu'un jour le brevet allait perdre toute sa valeur. Certains m'ont suggéré que l'entreprise devienne publique. Vous imaginez ? Il y avait assez de morts ici, nul besoin d'y ajouter un macabre conseil d'administration avec ses lugubres personnages vêtus de noir. Auraient-ils voulu la diversification des opérations en offrant

les services funèbres ? On aurait peut-être réussi
à me mettre à la porte avec des rachats, des
fractionnements ou des dilutions d'actions. Ils
auraient bien pu couper la tarte comme ils
l'auraient voulu et ne me laisser que les miettes
dans le fond de l'assiette. Dès que le cours de
l'action aurait moindrement chuté, j'aurais
entendu les petits investisseurs pleurnicher ou
crier au scandale. Les ventes de morts ont
diminué ? Faites mourir votre chien ! Il va aimer.
Non, non, non, je n'étais pas le plus doué en
finance, mais je savais très bien reconnaître un
requin. D'autres ont voulu acheter mon
entreprise, ce qui aurait été une sage décision,
quitter au sommet. Mais c'est justement là que
c'est savoureux. La chute, je ne la voyais pas,
alors toutes les offres qui m'ont été faites, je les ai
refusées. Elles étaient pour la plupart très
alléchantes, le travail, cela aurait été fini pour
moi, mais je me voyais comme l'unique chef
capable de diriger cet orchestre. Pourtant vous
savez tout comme moi que le cimetière est rempli
de gens indispensables. Vous voulez savoir où est

la salle de bain, au fond à gauche. Vous pouvez déposer votre cigare ici, vous aurez le temps de le terminer.

Vous ne semblez pas avoir reçu des bonnes nouvelles. On ne devrait pas constamment l'écouter cette boss des bécosses. Surtout pas après un repas copieux suivi d'un scotch et d'un cigare. Qui n'est pas terminé d'ailleurs. Voilà ! Cette obsession pour l'équilibre. Je vous conseillerais bien de ne plus y penser. Alors comme vous voyez, je suis encore celui qui tire les ficelles. Le bateau de croisière que fut jadis cette entreprise est maintenant un radeau, mais il n'a pas coulé. Mais bon, même si le naufrage a été évité, cessons notre dérive et reprenons où nous en étions.

J'étais finalement devenu une caricature : j'étais accro à ce que je vendais. Cela implique beaucoup de choses. Petit à petit, je perdais le contrôle. Je mourais plus souvent que je tuais. J'avais tellement mauvaise mine qu'on ne me reconnaissait plus lorsque j'entrais dans un des points de service de ma propre entreprise. J'avais beau dire qui j'étais, on ne me croyait pas. La porte d'entrée scannait ma rétine, me saluait et m'offrait toutes sortes de rabais dans toutes sortes de boutiques. Même si elle prononçait mon nom, on refusait encore de me croire ! On mettait la faute sur la dernière mise à jour qui avait causé de nombreux bugs, dont un eut pour effet de mal identifier certaines personnes. Cette anomalie semblait se produire aléatoirement selon les experts. Vous comprendrez qu'en informatique il n'y a rien d'aléatoire, mais avant la découverte de la ligne de code qui faisait défaut, on avait l'illusion que c'était le fruit du hasard. On ne veut pas se faire offrir ce que l'autre consomme ! Cela pourrait nous mettre dans l'embarras. Pour ma part, au moment où je franchis la porte, je nageais dans le connu. Un jour, une cliente s'était vu offrir un hamburger alors qu'elle était végétarienne. Elle a presque pleuré. Le consommateur est tellement exigeant de nos jours ! De toute façon, je crois qu'à ce moment je préférais garder mon identité secrète. C'était tant mieux si personne ne me reconnaissait. Ça occasionnait le trouble de payer, mais de toute façon l'argent revenait dans mes poches, moins l'impôt bien sûr ! Mais il faut bien payer pour surveiller les eaux et entretenir les voies navigables. Depuis la fonte de la calotte polaire, presque tout le monde a son bateau. Pour ceux qui n'en ont pas, et les autres qui croient encore qu'aller s'entasser dans la cale d'un navire sauvera la planète, il existe le transport en commun, mais celui-ci doit être financé. La collectivité, elle existe encore ! Vous saviez probablement tout cela.

Mes collègues ne pensaient sûrement pas que mes absences étaient causées par mon amour pour la mort. Selon toutes les apparences, je travaillais à distance. Je restais en contact malgré tout. J'envoyais des messages ou je téléphonais. Mais la plupart du temps, je trépassais. Soit je mourais ou je dormais et ne vivais plus. Cette époque dura quelques années. J'étais fait fort. La plupart des gens n'auraient jamais été capables de tenir ce rythme. J'étais mort de mille et une façons ! Et pour tout vous dire, plus aucune d'entre elles ne m'enchantait vraiment.

Mourir était devenu une routine. Il n'y avait plus aucune extase à le faire. Quand je pense aux jeunes qui venaient s'éclater dans mon bureau. Ils semblaient vivre la mort à fond. Comme si c'était l'unique fois qu'ils la vivraient. J'étais loin de leur ressembler ! J'étais comme l'employé de bureau blasé qui fait le même boulot plate depuis plusieurs années et qui attend la retraite avec impatience, en n'oubliant jamais de rayer sur le calendrier le jour dès que celui-ci est terminé. Mon problème, contrairement au robot cravaté, était que je ne pouvais rien attendre. Mourir et ensuite ? Il n'y avait rien, je tournais en rond.

7

Je n'étais pas fou. Je voyais très bien la spirale dans laquelle je me trouvais. Alors c'était décidé, j'allais vivre. Je ne pouvais pas continuer ainsi. Après plusieurs semaines à me refaire une santé, on me revit bientôt dans le rôle qui m'allait le mieux : celui de la faucheuse. Mais le temps est relatif. Pendant que je mourais, il s'en passait des choses du côté des vivants. J'avais perdu toute notion du temps : quatre ans s'étaient écoulés. Même si l'entreprise était bien huilée et que les employés pouvaient la faire bien rouler, le capitaine dormait et certaines décisions cruciales n'avaient pas été prises. Les opportunités n'avaient pas été saisies, et les compétiteurs avaient compris qu'il y avait d'autres façons de manger que d'attendre que le voisin décide s'il en reste assez pour leur en donner. Tout va si vite de nos jours et s'adapter au changement n'a jamais été aussi compliqué. Bien sûr, je n'allais pas baisser les bras, mais j'étais conscient que la mort n'avait plus la même cote que lors de la décennie précédente. On continuait à venir dans les bureaux de mon entreprise, mais l'inquiétude ne venait plus de la fin du brevet qui approchait à grands pas. En fait, je crois que ça n'avait plus la moindre importance. J'avais toujours offert des morts de qualité ! Mais si une réputation se salit une fois, alors même si celle-ci n'avait jamais été salie auparavant, la laver peut être une tâche quasi impossible. Je ne sais pas si c'est un marché honnête, mais ce mode de fonctionnement se reproduit partout. Vous pouvez escalader une montagne par exemple et avoir fait des milliers et des milliers d'enjambées, si vous en rater une, vous allez vous retrouver en bas. Si la chute survient dans les premiers moments de l'ascension, il n'y aura aucune blessure et choisir une autre avenue est encore possible si vous êtes le moindrement persévérant. Si vous tombez près de la cime et que celle-ci touche au ciel, alors là, vous tombez pour de bon, à moins d'un miracle ! Ce n'est pas impossible.

Pour le moment, je voulais vous parler de la compétition que je dus affronter à mon retour. On entrait dans une époque de nouvel âge. Celle-ci revenait tous les soixante ans environ et cette décennie n'allait pas échapper au cycle de la vie. La couleur orange était à la mode et on voulait déjouer le code en tentant de comprendre en profondeur le sens de la vie. On voulait se transformer pour mieux s'humaniser. L'acide lysergique diéthylamide et la psilocybine avaient déjà fait leur preuve pour améliorer chez un individu la compréhension de son monde ou bien l'illusion d'une meilleure compréhension. C'est selon votre perception. Mais comme dans tout, le consommateur est exigeant et il veut aller plus loin si la possibilité lui est offerte. Alors des jeunes fous comme je devais l'être à l'époque inventèrent le transfert de la conscience. On voulait voir le monde autrement. Les clients pouvaient par exemple transférer leur conscience dans un arbre. D'autres préféraient devenir un oiseau. Cela ne semblait pas poser de problème. On ne voulait plus seulement comprendre son prochain, on voulait se mettre dans la peau de tout. Certains disaient vouloir atteindre le nouveau nirvana : une conscience sans le moindre préjugé. Un monde plus uni en complète harmonie avec les différences. Et bien peut-être que j'étais trop vieux pour comprendre cette nouvelle mode, mais j'avais beaucoup de difficulté à croire que cette entreprise pouvait reprogrammer le cerveau d'un individu, afin de lui enlever tous ses préjugés. Je peux bien croire en un monde meilleur certes, mais je ne pense pas que se mettre dans la peau d'une roche peut rendre une personne plus ouverte aux autres.

Pour tout vous dire, je crois qu'ils n'offrent plus la roche depuis le dernier bug qu'ils ont rencontré. Le client est resté pris pendant plusieurs heures à se faire botter, lancer, piler dessus. Il est sorti de son expérience avec la connaissance de la réalité d'un vulgaire caillou. Cela replace peut-être les idées que de se retrouver au bas de l'échelle. Il paraît que ce client n'est jamais revenu. Il s'est trouvé un travail et a quitté le nid familial. Il a opté pour les costumes en fibre synthétique. Il y a un temps pour tout vous savez. L'étude de la transcendance peut payer les factures, mais dans de très rares cas. Mais tâchons de ne pas cracher sur ces rares cas, puisque même si je suis devenu adulte il y a bien longtemps déjà, et que ma capacité à regarder la jeunesse sans le moindre reproche est de plus en plus limitée, je pense malgré tout que les exceptions à la règle sont justement celles qui bâtissent ce monde. Là s'arrêtera la publicité que je leur ferai, je ne veux pas perdre tous mes clients ! Intriguant quand même, je ne sais pas comment leur machine fonctionne. Je ne sais même pas si je pourrais réinventer la mienne avec la cervelle de vieillard qui me reste.

Le rythme avait complètement changé. Je devais absolument m'y adapter si je voulais survivre. Il fallait se faire à l'idée que l'entreprise ne pouvait plus continuer dans sa forme actuelle, le milieu ayant trop évolué. Il y avait bien longtemps que ma figure ne s'était pas retrouvée sur la couverture d'un magazine. L'attention médiatique s'était retournée vers d'autres tendances. Vous me pardonnerez le cliché, mais tout ce qui monte doit inévitablement redescendre et, selon toutes les apparences, cette entreprise n'allait pas échapper à cette règle. Aujourd'hui, je vous raconte cette histoire d'une façon plutôt détachée, mais à l'époque, j'aurais tout fait pour éviter que tombe ma création. Le chemin vers l'acceptation n'allait pas se faire sans me battre. Alors je combattis comme on m'enseigna dans ma jeunesse. La perte de la réputation de mon entreprise allait malgré tout bientôt arriver. Je n'avais pas pensé à tout. Qui aurait pu le faire d'ailleurs ? De votre côté, avez-vous toujours pensé à tout ? C'est ce que je croyais.

Il est difficile de s'empêcher de rire lorsqu'on voit quelqu'un glisser sur une pelure de banane. À moins que cette personne, qui en voudra pour le reste de sa vie à ce fruit qu'on doit déshabiller avant de manger, se fracasse le crâne lors de sa chute. Un tour de rein ne serait par contre pas un drame, mais le rire ne pourrait pas s'exprimer à sa pleine capacité. Si vous êtes dépourvu de filtre, vous vous lâcherez lousse, mais vous réaliserez peut-être votre handicap lorsque la source de votre euphorie se sera relevée pour vous montrer l'ampleur du trou dans sa propre passoire. Mais bon, chacun son rôle dans la comédie humaine !

De mon côté, j'avais toujours pensé que seuls les idiots ne pouvaient pas voir la pelure de banane avant de mettre le pied dessus. L'arrogance peut servir dans la vie. Sans elle, je crois que je n'aurais jamais pu réussir à bâtir cette entreprise. On nous enseigne constamment l'humilité. C'est bien beau, mais celle-ci s'acquiert lorsque les rides font leur apparition. Je pense même que les gens modestes de votre âge sont souvent ceux qui cachent la plus grande arrogance. Donnez-leur la chance de s'élever au-dessus de la masse et vous découvrirez leur vraie nature. Un homme moyen qui fait preuve d'arrogance n'aura l'estime de personne, mais s'il atteint le succès, sa vantardise se transformera en fierté. Un coq ne peut pas bomber le torse s'il n'est pas maître dans la basse-cour. Alors pour tout vous dire, j'étais complètement aveuglé par le succès et j'avais du mal à croire que celui-ci pouvait dans mon cas être éphémère.

Ma première contre-attaque fut la presque mort. J'avais manqué un bon bout. Peut-être que les gens ne voulaient tout simplement plus mourir alors j'allais les laisser vivre tout en leur donnant une bonne frousse. Je revenais à la source : l'étude de l'effet des événements extrêmes sur le cerveau. Au début, les clients embarquèrent. Mon nom sur le produit réussit à convaincre un bon nombre de personnes d'essayer. Que voulez-vous ? Vous êtes probablement au courant du nombre de produits qui se sont vendus avec la face d'une star imprimée sur l'emballage. Si un jour il n'y avait plus de vedettes, les ventes dans tous les secteurs chuteraient. Ce serait peut-être la pire crise économique de l'histoire et, en plus, il n'y aurait plus de revue à potins pour nous consoler. Le prix à payer, c'est la surconsommation.

Je tirai donc profit de ma popularité pour lancer mon nouveau produit. Je n'avais pas besoin de rebâtir de A à Z, j'avais déjà tout ce qui me fallait dans ma banque de données. Il y avait pas mal de monde et ils n'étaient pas tous morts. Avec du recul, si vous y réfléchissez attentivement, vous verrez que vous êtes passé près de mourir à plusieurs reprises au courant de votre vie. La chute dans l'escalier lorsque vous étiez très jeune. L'arbre que vous avez évité à la dernière minute lors d'une descente en ski. Le piano que vous n'avez pas reçu sur la tête parce que vous avez décidé de changer de trottoir à la dernière minute. La mort vient faire son tour plus souvent qu'on le pense. Elle ne veut tout simplement pas qu'on pense à elle tout le temps. Elle en ferait de l'urticaire, qui sait ?

L'accueil qu'a reçu la presque mort n'est pas celui auquel je m'attendais. Je ne dis pas que je croyais faire un aussi grand coup qu'avec la mort, mais j'aurais quand même aimé goûter au succès à nouveau. À cette époque, je n'avais plus les moyens de faire une grande ouverture avec le champagne, les photos et les faux sourires. J'aurais pu emprunter, mais les taux d'intérêt étaient ridiculement élevés et les garanties qu'on me demandait étaient inacceptables. On voulait mon brevet ainsi que ma banque de données. Je veux bien croire que mon projet était risqué, mais la banque n'a jamais attendu après un seul des paiements que j'ai dû leur faire dans ma vie, pas un seul. Alors je n'étais pas prêt à mettre en garantie tout ce que je possédais et, comme je vous ai déjà dit, on n'est plus la même personne lorsqu'on se relève du fauteuil sur lequel j'avais assis mes fesses trop souvent. Cette motivation qui m'avait permis d'accomplir toutes ces choses n'était plus au rendez-vous. La soirée d'inauguration fut très peu festive. Quelques clients, des vedettes déchues depuis plusieurs années déjà, des filles moins belles et un seul journaliste indépendant. Je dois vous dire qu'il manquait d'artifices. De toute façon, je crois qu'il aurait été bien pire pour moi si je m'étais endetté pour l'organisation d'une fête plus grandiose, puisque les ventes du produit n'ont pas explosé. Mais malgré toute cette campagne publicitaire ratée, n'allez pas croire que la qualité de la presque mort n'était pas au rendez-vous.

Ce qui mérite d'être fait, mérite d'être bien fait disait ma mère. Sa mère ou son père disaient probablement la même chose et ainsi de suite jusqu'à des ancêtres plus lointains. J'avais donc bûché très dur pour tenter de répondre aux attentes. Les clients qui n'avaient jamais goûté à la mort une seule fois dans leur vie y trouvaient leur compte. Un produit très prisé était le parachutiste au matériel défectueux qui tombe d'une altitude de treize mille pieds sans la moindre fracture. Il doit la vie à plusieurs hasards celui-là. Beaucoup plus chanceux que l'autre qui creusa sa propre tombe. La poche d'air qui a grandement ralenti sa chute libre, ses énormes mains palmées ainsi que sa piste d'atterrissage qui avait une inclinaison d'environ soixante degrés. Sur un sol plat, ses talons auraient probablement fait la connaissance de sa clavicule.

Les clients se relevaient alors de leur siège avec un tel soulagement, mais en même temps la plupart arboraient un grand sourire lorsqu'ils quittaient mon bureau. L'expérience ressemblait à une hypothétique montagne russe que les ingénieurs ne sont pas encore en mesure de construire. Il y avait aussi le soudeur qui participait à la construction d'un gratte-ciel. Il revenait du lunch et pendant un vif instant un souvenir refit surface, comme ça, sans avertissement. Il se voyait dans la maison de son enfance se préparer pour un combat de championnat. Il enfilait son costume, rangeait ses gants et sa ceinture dans son sac. Il mettrait ces derniers accessoires au moment opportun, plus tard. Il ressentait l'importance que tout ce rituel avait à l'époque. Il s'imaginait heureux ! Bien que cette pensée n'avait rien de bien dangereux, elle l'éloigna pendant quelques instants de sa routine de sécurité. Il avait complètement oublié de s'attacher. Il était en train de souder une poutre flottant dans le vide au cent-vingtième étage lorsqu'il perdit pied. Il sentit soudain la perte de contrôle. Le temps s'arrêta pour un instant. Heureusement pour cet homme, le temps recommença un étage plus bas sur une pile d'épais madriers.

Plus de peur que de mal, c'était justement le but de l'expérience. Titiller cette peur qui sommeille en chacun de nous. Je ne veux pas rabaisser la qualité de ce produit, loin de là, mais je dois dire que ces clients n'étaient pas les plus exigeants. Certains d'entre eux me confiaient qu'ils n'avaient jamais rien connu d'aussi excitant. C'était ma nouvelle clientèle, beaucoup plus facile à dompter. Le problème c'est que celle-ci n'avait pas la même soif que celle mourant à l'excès. Elle payait beaucoup moins et j'étais déjà très loin du jeune homme rempli d'idéaux. Le tueur missionnaire. Celui qui voulait aider les gens à sortir de leur déprime en leur faisant vivre des sensations habituellement inatteignables.

Ce temps était révolu depuis fort longtemps. J'avais maintenant une entreprise à remettre sur les rails et sa santé financière était bien entendu un aspect à ne pas négliger. Je ne pouvais pas non plus monter les prix. Avec ces nouveaux clients plus frileux, je ne détenais pas l'avantage. Peut-être que vous n'êtes pas une sommité en matière d'économie, mais je suis certain que vous savez que la première loi c'est celle de l'offre et de la demande. Je voyais très bien que ces gens pourraient se passer de mon produit si je décidais d'être plus gourmand. Ils venaient dans mon bureau comme s'ils allaient au cinéma, mais avec un peu plus d'épices. La plupart, je les voyais une à deux fois par mois, pas plus. Ils venaient souvent en couple. C'était leur petite sortie du mercredi sans les enfants. Les enfants, vous en avez ? Si vous en voulez un jour, sachez que malgré toute la confiance que vous aurez en la personne qui aura la charge occasionnelle de votre enfant, si vous aviez la chance de tout savoir vous resteriez probablement à la maison.

Un jour, une jeune femme, ou fille peut-être, entra dans mon bureau en tenant un enfant par la main. Celui-ci devait avoir quatre ou cinq ans. Je l'informai que la mort était interdite aux mineurs. Elle m'expliqua qu'elle seule allait mourir et que son fils attendrait patiemment qu'elle revienne. Je n'avais aucun remords à lui donner la mort parce que je savais très bien que ce n'était pas sa mère que je tuerais devant ses yeux. Elle devait avoir à peine dix-huit ans. Je peux bien croire qu'une femme peut être précoce, mais en regardant l'enfant, je ressentais que sa mère était loin, l'intuition peut-être. Alors pendant que la gardienne succombait à la tentation, je devais garder un œil sur le petit tandis que ses parents étaient probablement sortis au cinéma ou dans un restaurant. Je n'étais pas inquiet qu'ils appellent, mourir se fait en un éclair. La revenante pourrait répondre.

Je dois vous dire que des situations de ce genre, j'en ai vu plusieurs. Je n'en suis pas gêné. La forte dépendance que causait la mort, c'est ça justement qui manquait chez ma clientèle de pantouflards. Avec eux, je ne faisais que leur montrer la bouteille et ils devenaient ivres. Ils ne cherchaient même pas à me l'enlever. Ces gens n'étaient tout simplement pas prêts à goûter le nectar qui se trouvait à l'intérieur. Passer près de la mort était pour eux assez d'audace et la regarder pour vrai, en face, leur était impensable.

La presque mort m'a permis de me remettre au travail et de me réhabituer à cette routine. Par contre, j'étais tout à fait conscient que mon entreprise n'allait pas dans le bon sens avec ce nouveau produit. Tout le monde fait des erreurs ! J'aurai au moins essayé. De toute façon, je pouvais me permettre de changer encore une fois, le paquebot ayant été réduit en petit navire. Changer de cap est une manœuvre plus facile à exécuter lorsqu'on voit le nez du bateau à partir de la poupe. Je ne naviguais pas encore sur un tronc d'arbre, mais cela ne devait pas tarder.

Il fallait que la transition se fasse en douceur. Je n'allais pas laisser les presque morts pris au dépourvu. Ils auraient fait quoi ? Si une personne n'est pas habituée de prendre des risques et qu'elle veut continuer à goûter à cette excitation, de quelle manière va-t-elle s'y prendre pour passer près sans y tomber ? Le calcul du risque n'est pas donné à tout le monde. Peut-être faudrait-il l'enseigner aux jeunes gens qui débutent dans la vie ? Je pense même que cet enseignement, au contraire de fabriquer des

accros à l'adrénaline, développerait chez la
jeunesse un goût modéré pour le risque. Celui-ci
est partout et apprendre à développer des
activités constructives pour y faire face ferait
peut-être baisser le taux de criminalité. Ne vous
méprenez pas ! La plupart des crimes commis
n'ont pas pour but de faire du mal, ils sont
commis pour stimuler l'excitation face au risque.
Il s'agit tout simplement de la voie facile pour
atteindre ce but. Mais peut-être connaissez-vous
l'expression *If it ain't rough it ain't right* ! Vous
pouvez consulter le dictionnaire anglais qui se
trouve dans la bibliothèque derrière vous si cette
langue ne vous est familière, je n'ai
malheureusement pas d'équivalent sur le bout de
la langue.

8

Je vois que vous avez terminé votre verre. Je vous demanderais encore un peu de patience avant de mourir si vous le permettez. Je peux même vous offrir un autre verre si vous souhaitez m'accompagner. Pour ma part, même si j'ai toujours cru que l'être humain n'a pas besoin de béquilles pour faire face à la vie, je prendrai une pause de mes croyances. Je me verserai un double en plus qui m'aidera pour raconter cette partie du récit. Mon entreprise semblait naviguer dans des eaux troubles, mais il n'y avait rien d'alarmant. Ce n'était pas la première fois qu'une entreprise ayant connu le succès faisait face à des obstacles. Une baisse de profit peut faire partie d'une évolution tout à fait cyclique. Une restructuration des opérations pour s'en sortir, et bien, c'est de la saine adaptation au marché qui est en constant changement. Mais si le bateau prend l'eau et qu'on ne s'en rend compte qu'à la dernière minute, le naufrage est quasi impossible à éviter. Alors si vous pensiez que j'avais coulé, je vous conseille de vous attacher puisque le fond se retrouvait beaucoup plus bas. Êtes-vous en mesure de m'accompagner dans cet abysse ? Ah oui, j'aurais été surpris du contraire. Comme si à votre âge, il vous restait encore quelques circuits neuronaux de l'adolescence. Cette faculté à toucher avant de savoir si c'est brûlant.

J'ai dû donner la direction de la division de la presque mort à un employé en qui j'avais une confiance plutôt moyenne. De toute façon, les meilleurs éléments de cette organisation étaient tous partis pendant que je me tuais plusieurs fois par jour. Ils avaient peut-être flairé la tempête qui approchait. À l'époque, je pensais que je pouvais facilement me passer d'eux, mais je me trompais royalement. Au risque de passer pour un conférencier débitant sa salade sur la pensée positive devant un auditoire de chômeurs, je dirai que les employés sont la force vitale d'une entreprise et que sans eux rien n'est possible. Ce serait le summum de l'arrogance de dire le contraire, mais bien évidemment, les pièces les moins bien huilées peuvent avoir des impacts désastreux sur le reste de l'engrenage. Je le savais bien, mais je ne pouvais me permettre d'être partout en même temps. Je ne pouvais plus refaire cette erreur. De mon côté, j'allais me concentrer à donner la mort aux gens. C'est ce que je savais mieux faire. Alors la machine se remit en marche.

Je devais élever d'un cran la qualité de mon produit si je voulais retrouver le bassin de clients que je possédais auparavant. J'avais beaucoup de morts en inventaire, mais certains très friands du trépas avaient fait le tour complet. Ce sont justement eux qui étaient la force marketing de mon entreprise. Je ne pouvais pas les décevoir. Ils allaient diffuser le message, qu'il soit bon au mauvais pour moi. Je conçois que c'est un marché honnête.

Alors je poussai l'expérience plus loin : j'offris la double-mort. Très simple à expliquer, mais l'orchestration du processus était d'une énorme complexité. Je tuais les gens et lorsqu'ils pensaient être revenus à eux, je les tuais à nouveau, pas fait pour tout le monde ! Programmer cette double-mort nécessitait des heures et des heures de travail. Malheureusement, j'avais arrêté de vapoter et de boire depuis quelques années déjà et je n'avais pas l'intention de retomber dans ces vieilles habitudes. Pas question de mourir non plus ! Je me suis donc procuré dans un magasin pas très loin d'ici les écarquilleurs de yeux nouvelle génération. Pas ceux qu'on devait fixer aux sourcils et aux cernes et qui gardaient les yeux ouverts pendant le travail nocturne. Le nouvel appareil se fixait directement dans l'œil et empêchait l'œil de se fermer. C'est beaucoup plus discret. Les gens fatigués n'ont jamais eu la cote. Les soirées seraient plutôt ennuyantes. Je bûchai alors pendant plusieurs nuits, mais des bugs demeuraient et je n'avais plus la concentration pour les régler tous. La double-mort ne fonctionnait pas comme je l'avais prévu. Faire trépasser quelqu'un, attendre sa résurrection et le faire mourir à nouveau avait des subtilités qui ne s'étaient pas présentées auparavant. Mais c'était la seule idée que j'avais pour le moment afin de récupérer ma clientèle. Je testai le produit sur un client qui se porta volontaire. En plus d'être un fervent amateur de la mort, celui-ci avait également un implant dans sa tête.

Ce docile cobaye m'aidait beaucoup. C'était un utilisateur hors-pair, mais il ne comprenait rien à toute la mécanique qui se cachait derrière le fonctionnement de la machine. Il assoyait ses fesses sur le fauteuil et mourait plusieurs fois par jour. Il se relevait et me mentionnait tout ce qui clochait. La double-mort se devait d'être percutante. Avec toutes les heures de travail que je mettais à développer ce produit, je n'avais pas l'intention de le vendre le double du prix normal. Cette expérience allait valoir beaucoup plus, mais pour le moment je voyais les bugs s'empiler. Un des problèmes qui se présenta fut la fusion des morts, un trip d'acide mal réussi ! Je n'étais pas capable de bien enchaîner les événements.

Un automobiliste conduit sa voiture sur une route enneigée et très mal éclairée reliant l'autoroute à un village isolé. Ce n'est pas la première fois qu'il emprunte cette route et les conditions difficiles ne le gênent pas. Il siffle même en plein hiver. Il allume une cigarette et ouvre la fenêtre pour laisser échapper de ses poumons une fumée bleutée, l'extase subtile de la savoureuse première bouffée. Il tend le bras pour prendre un disque dans le coffre à gants. Une seconde d'inattention, il voit au dernier moment le camion qui arrive en sens inverse. Il l'évite de justesse, mais un coup de volant aussi brusque sur cette chaussée glacée n'est pas pardonnable. Sa voiture quitte la route à une vitesse folle. Il y a un lac pas très loin, mais un arbre au tronc massif l'empêchera d'aller le contempler paisiblement. Le choc est brutal, la mort sur le cou ! Et là le trip commence. Le corps du conducteur mort est catapulté à travers le pare-brise, il plane pendant quelques mètres au-dessus des arbres et plonge dans les eaux du lac. Ses épaules viennent fracasser l'épaisse couche de glace qui recouvrait cette étendue d'eau en plein mois de février, la tête ayant disparu lors de l'accident. Il coule jusqu'au fond, tombe dans un trou et une trappe se referme. Les lumières rouges clignotent. L'équipage s'agite pendant que l'eau envahit le sous-marin. Le capitaine donne ses ordres. Il ne quittera jamais le sous-marin, personne non plus d'ailleurs. Sa dernière euphorie sera la noyade.

Lorsque mon cobaye se relevait après cette double-mort, il trouvait que le produit était effectivement percutant, mais que la suite des histoires le laissait perplexe. Son commentaire n'avait rien d'un reproche, mais je manquais énormément de sommeil, alors il connut ma colère. Il y en a eu d'autres de ces crises de nerfs et elles devenaient de plus en plus féroces. Je n'étais tout simplement pas un spécialiste de la continuité, mais à l'époque je trouvais que les histoires s'enchaînaient plutôt bien.

Après avoir peaufiné le produit, j'ai redonné la double-mort à mon cobaye. Il était assis dans un bain, lumière tamisée. Une chanson jouait en sourdine, et soudain, plus de chanson. La baignoire électrifiée donna un choc mortel à l'homme. Il ouvrit les yeux. Il crut sentir quelque chose bouger sous sa carcasse brûlée. Au moment où il approcha pour vérifier, un requin vint lui enlever tout espoir de se servir de sa tête à nouveau. Cette fois-ci, le cobaye du bout des lèvres indiqua que l'histoire manquait un peu de crédibilité. En plus d'être l'inventeur de cette machine, je devais être scénariste ! Pour me rassurer, il disait que les deux morts étaient d'excellente qualité, mais le cerveau n'embarquait pas complètement dans le deuxième acte. Je ne pouvais pas présenter à ma clientèle un produit imparfait. J'étais réellement au bord du gouffre. Mes nerfs étaient à fleur de peau. J'étais désespéré et je n'avais personne à qui parler. Mon travail avait toujours été un prétexte pour éviter les contacts intimes avec les gens.

Alors, par un soir de pluie où les clients se faisaient rares, je sortis m'acheter un pistolet. Pas facile de trouver une arme aujourd'hui, il faut montrer qu'on est apte, qu'on ne fera de mal à personne, qu'on n'a pas l'intention de s'en servir,

mais tous ces gens, ils n'en achètent pas de fusils !
Mais bon, peut-être que ces lois freinent quelques
méchants. Ils ne sont pas tous courageux. Il est
difficile de bien gérer ce zoo humain. Pour ma
part, je savais où trouver. Je vendais la mort, je
savais très bien qui vendait les choses qui peuvent
y mener.

J'allai voir un ancien client qui était sobre
depuis plusieurs années. Ce n'était pourtant pas
l'envie qui lui manquait de mourir, mais il avait
décidé de vivre. À l'époque, je ne savais pas qu'il
se sevrait du produit que je vendais, alors à
chaque fois qu'il me rendait visite, je lui offrais
une mort gratuite. Pour le convaincre, tel un bon
vendeur, je lui disais que cette occasion ne se
présenterait pas deux fois. Nous savions très bien
tous les deux que c'était des sornettes. Lui surtout
puisqu'il se savait très malade et je l'ignorais à
l'époque. Je me rendis donc chez lui. J'étais
détrempé. Cela ne me gênait nullement puisque
je n'avais jamais réellement compris l'utilisation
abusive du parapluie. Sentir la pluie fraîche
ruisseler sur sa peau est loin d'être un sentiment

désagréable. L'être humain a été conditionné à haïr la pluie. On lui raconte l'histoire du chien de Pavlov et il ne se rend même pas compte de son propre esclavage. Je ne commencerai pas avec vous un débat philosophique sur les averses. Je vous ai déjà pris beaucoup de votre temps et nos cigares seront bientôt complètement réduits en cendres.

Lorsque je sonnai à la porte, mon ancien client vint répondre avec son habituel sourire. Il semblait avoir perdu beaucoup de poids, il était sur ses derniers milles, ce que j'ignorais à l'époque comme je vous disais. Après les échanges de politesse dont sont capables de faire preuve deux êtres humains dotés d'une constitution normale, nous entrâmes vite dans le vif du sujet. Il me fallait un pistolet et je lui mentionnai mon désir. Cette requête ne l'achala pas le moins du monde. Avec du recul aujourd'hui, je pense qu'à cette époque j'aurais aimé qu'il m'offre une écoute attentive au lieu du neuf millimètres qu'il posa sur la table près de mes genoux. Il ne voulait pas savoir à quoi l'arme servirait. Il fixa le prix et je fis le transfert de l'argent dans son compte. Je mis l'arme dans mon sac pour clore cet épisode le plus rapidement possible. Je restai une partie de la soirée à parler avec lui. Qui va gagner le prochain championnat ? Les jeunes aujourd'hui se traînent les pieds ! Les politiciens sont tous pareils et, bien évidemment, quel temps de chien. Après deux heures de ces échanges de salive inutiles, je remis mon manteau et lui dis À Dieu.

J'arrivai au bureau, chez moi, ça n'avait plus la moindre importance, c'est là que je dormais, près d'une heure plus tard trempé jusqu'aux os. La pluie s'était refroidie énormément depuis le début de la soirée, ce que je n'avais pas prévu. Disons que les marées sont beaucoup plus prévisibles. Je n'avais plus la tête à me mettre une balle dedans. Je rangeai donc le pistolet dans le tiroir de ma table de travail et je me couchai sur le canapé juste à côté. Le sommeil vint rapidement, je n'avais jamais été aussi épuisé.

Le lendemain, je me réveillai vers midi. J'aurais aimé vous dire frais comme une rose, mais ce n'était pas le cas. Les cheveux sales, une haleine crasseuse, un peu plus et je me décomposais ! On cogna à la porte de mon bureau. J'avais complètement oublié mon rendez-vous avec mon cobaye pour les nouveaux tests sur la double-mort. Je n'avais même pas réglé les bugs. En fait, je ne pensais même plus être là, oui peut-être, mais avec une balle dans la nuque. On m'aurait retrouvé rigide et mal rasé. Ma secrétaire se serait fait un plaisir d'annuler ce rendez-vous et ensuite aurait pris congé pour pleurer ma mort dans les boutiques. Mais cette possibilité s'était évaporée la veille lorsque je décidai de ne pas me tuer. Je devais donc faire face à la réalité. Les fesses encore posées sur le canapé qui me servait de lit de fortune, je criai à la personne qui venait de poser ses jointures à quatre reprises sur la porte d'entrer. Mon cobaye entra d'un pas décidé. Nous étions loin d'être sur le même tempo. Il était prêt à mourir. Plus je le regardais, moins je l'aimais et plus j'étais prêt à le tuer. Il me demanda comment j'allais, je lui dis de se taire. Il avait compris que j'allais mal. Il s'installa sur le fauteuil pour une énième fois afin d'être propulsé vers le trépas. Je lui offris une double-mort que j'avais concoctée à la hâte deux jours auparavant. Les bugs n'étaient pas réglés, mais peut-être que ce nouveau scénario plairait à mon cobaye. Avec le peu d'aplomb qui me restait, je l'expédiai vers le trépas à nouveau. Pendant qu'il était assis sur le fauteuil à attendre la mort, je pris place derrière mon bureau.

Je fixais mon regard sur mon cobaye. À moitié dans la lune, il avait l'air détendu et soudain un spasme, un autre. Son visage se crispa et son corps se raidit. Cela dura seulement quelques instants et après il redevint mou comme une poupée de chiffon. Le temps d'un éclair puisqu'il reprit le même cycle une fois de plus. Cette danse macabre, je l'avais vue trop souvent. Tout doucement, mon cobaye revint à lui. Une renaissance, il ouvrit les yeux, ensuite la bouche. J'attendais ses impressions comme un élève qui sait pertinemment qu'il a échoué. Il débita sa critique. Avec le recul aujourd'hui je pense qu'il le fit avec tact, mais à l'époque certains mots écorchèrent mon tympan, ce qui eut pour effet de brouiller certaines zones de mon cerveau. Soudain, sans m'avertir, l'ombre de moi-même ouvrit le tiroir de mon bureau, prit le pistolet et appuya sur la gâchette. C'est avec une balle entre les deux yeux que mon cobaye quitta l'expérience. Ma secrétaire accourut pour savoir si tout allait bien. Je lui dis que j'avais échappé une boule de quilles sur le sol et qu'elle pouvait dormir en paix, mes orteils n'avaient rien. Elle referma la porte avec un soupir de soulagement.

9

Je ne suis pas fier de cette partie de l'histoire, mais basculer du côté obscur, tout le monde en a le pouvoir. Je vous demanderais donc d'éviter de porter un jugement trop sévère sur ce geste et de me laisser poursuivre. Il ne nous reste plus grand temps. Je vous épargnerai la façon dont je me suis débarrassé du corps de mon cobaye. Je ne veux pas tomber dans le mélodrame. Malgré cet incident, j'étais encore le capitaine du navire, je devais garder le cap et j'avais maintenant en ma possession la double-mort parfaite. J'avais emprunté la voie facile, mais les bugs s'étaient réglés par eux-mêmes. Les gens allaient mourir, se réveiller dans mon bureau et ils recevraient une balle dans la tête, percutant et réaliste ! Le vent tournerait, mais pour un moment seulement.

Les gens payèrent un prix très élevé et la nouvelle se répandit. La double-mort était la nouvelle mort et y goûter était un luxe que seuls les gens fortunés pouvaient se payer. Plusieurs questions m'étaient posées concernant la balle que mes clients recevaient dans la tête. Ils me demandaient comment avait été possible la réussite de ce coup. Je n'avais qu'à insérer le mot algorithme à quelques endroits dans mon explication et la plupart n'y voyaient que du feu. Je ne pouvais tout de même pas leur dire que j'avais réellement tué quelqu'un pour qu'ils puissent vivre cette expérience sensationnelle. De toute façon, vous croyez qu'ils auraient cessé de venir ici ? On a beau dire aux gens que le bétail qu'ils mangent vit dans des conditions horribles, que les vêtements qu'ils portent sont fabriqués par des enfants impayés, que leurs déchets iront s'échouer sur la terre des plus pauvres, ils ressentiront une gêne, un faux sentiment de culpabilité, mais ils ne changeront rien à leurs habitudes. Certains clients n'étaient pas dupes, mais ils aimaient le produit et préféraient garder le silence. Leur réputation en aurait pris un sale coup !

Les affaires reprirent de plus belle ! Beaucoup empruntèrent des sommes qu'ils n'étaient pas capables de rembourser pour vivre l'expérience de la double-mort. Pour certains, ce fut une triple-mort. Le stress occasionné par un fardeau financier trop important en a amené quelques-uns à plonger de trop haut. Pour les autres, la double-mort représentait une chose de plus qui pouvait les différencier du reste de la masse. Vous comprenez ? Si moi je peux et qu'eux ne peuvent pas, cela veut dire que j'aurai réussi ma vie. Si vous pensiez que personne ne pensait de cette façon, vous auriez dû être là à cette époque. Et je ne vous parle pas de toutes les sottises qui sortaient de leur bouche. Ils auraient pu laisser échapper des pets de leur cul et des gaz de leur gueule que leur compagnie aurait été plus agréable. Mais, de toute façon, je n'avais pas affaire à ces gens si souvent. La plupart du temps, je ne rencontrais plus les clients. Mes employés étaient aisément capables de remplir cette tâche, et je n'étais plus le jeune fringant désireux de faire la couverture des magazines à nouveau. Cette reprise des affaires ne dura que quelques mois. C'était le rebond d'un chat qui était déjà mort ! Les choses déboulèrent ensuite très rapidement.

Comme je vous disais plus tôt, j'avais confié la division de la presque mort à un employé en qui j'avais une confiance plutôt moyenne. J'avais raison de me méfier. Cette personne était accro à la mort. Il me chargeait des heures supplémentaires alors qu'il était en train de mourir en surtemps. Je me doutais bien que son niveau de concentration n'était pas optimal, mais je n'avais trouvé aucun autre candidat pour remplir le poste.

Un jour, il commit une fâcheuse erreur, une bourde aux conséquences irréparables. Par un samedi après-midi, une vieille dame entra dans le bureau de la division de la presque mort. Elle était accompagnée de ses enfants, ses petits-enfants et ses arrière-petits-enfants. Tous étaient là pour fêter ses quatre-vingt-dix ans. En soirée, ils iraient dans un bon restaurant en famille pour rire et se rappeler tous les bons souvenirs qu'ils avaient en commun. Mais avant, cette dame voulait se payer une bonne frousse. Cela faisait longtemps qu'elle ne s'était pas éclatée et elle s'était dit pourquoi pas il ne me reste plus tant d'années à vivre. Avec l'aide d'un de ses petits-fils, elle se rendit jusqu'au fauteuil où elle posa son arrière-train décharné. On lui apporta un coussin supplémentaire pour assurer son confort. Elle était prête. L'employé s'affaira aux derniers réglages et, avant d'appuyer sur le bouton, lui souhaita un joyeux anniversaire. Pendant que la mort frôlait la vieille dame du bout de son doigt, le corps de celle-ci semblait réagir trop fortement pour une simple presque mort. Au moment où elle était censée revenir à elle, rien n'arriva. Le festin familial n'allait pas avoir lieu. L'employé s'était complètement fourvoyé. Il lui avait offert une mort au lieu d'une presque mort, et terrifiante en plus, elle fût dévorée par un ours. Le cœur de la dame ne put supporter cette expérience, elle fit une crise cardiaque qui lui fut fatale.

Cet incident cloua le cercueil de mon entreprise. Je ne pense pas qu'il soit exagéré de dire que j'avais des gros problèmes. Un cadavre sur les bras et un employé que je devais peut-être remercier. Le corps de la vieille dame était un problème facilement gérable, elle ne bougeait plus. Par contre, je n'avais jamais vraiment été doué pour les licenciements. Il m'est arrivé à plusieurs reprises de réparer les erreurs de mes employés à leur insu, afin d'éviter d'avoir à les foutre à la porte. Il fallait malgré tout que je donne l'exemple. Les autres auraient pu croire qu'il leur était possible de faire n'importe quoi sans risquer la moindre conséquence. Deux mois sans le payer ! La sévérité ne faisait pas partie de mon arsenal. De toute façon, il ne reviendrait pas, le gouvernement mettrait la clé dans la porte de tous mes bureaux sauf celle que vous avez franchie pour entrer ici. Selon eux, il était clair qu'il y avait eu négligence. Pour moi, il s'agissait d'un accident qui aurait pu être évité. Notre perspective divergeait.

Une équipe de fonctionnaires s'affairait donc à réduire en cendres le destin de l'entreprise que j'avais fondée plusieurs années auparavant. Ils voulaient me faire couler. Ils votèrent des lois afin d'interdire la mort aux mineurs. Une chance qu'il leur était impossible de taxer la nature, elle qui en tuait beaucoup plus que moi. Mon bureau dut changer de quartier à cause de plaintes provenant du voisinage. Quelle bande de peureux ceux-là. Ils venaient tous mourir de mes mains et dès que la nouvelle se répandit qu'une personne était réellement morte sur le fauteuil, ils semblaient penser que celui-ci était maintenant hanté. J'ai alors déménagé, je ne voulais pas faire d'histoires. Je n'étais pourtant pas au bout de mes peines.

Les robots que le gouvernement avait envoyés voulaient gruger l'os jusqu'à la moelle. Lorsque je regardais par la fenêtre, je les voyais à chaque jour rôder dans la rue juste en face. Ils étaient payés pour ce travail ! Un jour, quatre hommes vêtus en noir firent irruption dans mon bureau et l'un d'eux me demanda sèchement de les suivre. Je n'eus aucun choix à part celui d'obéir. Je comprenais très bien ce qui se passait. On allait m'emmener pour me poser des tas de questions dans un petit bureau sombre où le seul éclairage proviendrait d'une lampe posée sur une table de métal. Je n'étais pas fou. Je savais qui ils étaient, ils m'avaient tous montré leur insigne de police. La situation était franchement désagréable, mais je ne comprenais pas pourquoi ces gens devaient la rendre pire. Ils étaient mal vêtus, avaient une mine à repousser les coquerelles et la seule expression que je pouvais déceler dans leur morne discours était l'inexpressivité. Avec une attitude cool de leur part, j'aurais peut-être été moi-même plus coopératif, l'attitude, c'est contagieux ! Je vous épargnerai le trajet en voiture qui nous mena jusque dans la petite salle sombre à l'éclairage minimal, il n'y a littéralement rien à dire.

On me servit une salade soigneusement préparée. Vous comprendrez que je parle de toutes les menaces que j'étais obligé d'écouter et des questions auxquelles je devais répondre. On eut malgré tout l'amabilité de m'offrir un café tiède que je refusai. Le but de cet entretien était de me faire avouer qu'il y avait eu négligence afin qu'on puisse fermer mon dernier bureau. Ils voulaient en finir avec la mort. Je n'étais pas dupe et je n'allais pas céder. Aux commandes d'un voilier, il faut apprendre à connaître le vent, tandis que dans d'autres situations, il faut aller plus loin et savoir comment le faire tourner. C'est ce que je fis pour me débarrasser d'eux. J'enregistrais tout, et ce, depuis le début. Ma banque de données contenait beaucoup plus que des morts. Les visites de chaque client y étaient enregistrées. Même les conversations et les confidences qu'ils me faisaient avant de mourir ne partaient pas en fumée. Le savoir, c'est le pouvoir ! Pensaient-ils réellement être plus forts que moi ? Que j'exercerais mon métier à l'aveuglette ? Que je ne préparerais pas ma sortie ? Ils se trompaient. Pour chacun d'eux, j'avais un petit quelque chose.

Celui qui venait mourir avant d'entrer chez lui, sa famille aurait peut-être aimé savoir ce qu'il pensait réellement d'eux. Ou bien l'autre qui venait sur l'heure du dîner. J'aurais pu avertir son patron, cela l'aurait beaucoup aidé à répondre au pourquoi de son inefficacité au travail en après-midi. Le troisième qui venait m'acheter une double-mort à chaque semaine, mais qui malgré tout avait la capacité intellectuelle pour comprendre le prix que j'avais dû payer pour faire vivre cette expérience à ma clientèle. Le dernier n'était jamais venu me voir pour mourir, mais il était fier de l'implant que j'avais inséré dans sa tête plusieurs années auparavant. J'avais tout en ma possession pour les faire couler. Afin de briser chez eux toute intention de me tuer, je leur dis que tout était prêt à être dévoilé s'ils ne me relâchaient pas sur le champ. Tous les médias seraient au courant. Instantanément, tout le monde saurait. Je vis enfin un peu d'expression sur leur visage. On pouvait dire que j'avais fait une bonne action. Il y eut entente à l'amiable et je pus recouvrer ma liberté. On tolérerait mon commerce à la condition que l'information que je détenais sur eux ne soit jamais dévoilée. Ce fut malgré tout la fin de mon entreprise telle que nous la connaissions.

Et aujourd'hui, vous voici devant moi. À voir le cigare éteint qui pend entre vos doigts jaunis par la fumée, on pourrait croire que vous avez oublié pourquoi vous êtes ici. J'espère que je n'ai pas été trop long dans mes explications. C'était l'histoire de cette entreprise. Je vous offrirais bien un autre verre si je ne sentais à ce point la fatigue me gagner. Je n'ai plus la même vigueur que celle que j'avais à l'époque. Je vous demanderais de bien vouloir comprendre, mais je ne m'attends pas à une si grande chose. Nous avons tendance à le surestimer ce mot, comprendre. Cela vous servira peut-être d'objet de réflexion lors de la marche qui vous ramènera chez vous. La réflexion est toujours meilleure en mouvement. Votre mort? Et bien pourquoi faire preuve d'autant d'impatience? Lorsque vous ramasserez le canard que je vous ai laissé sur le tabouret près de l'entrée et que vous franchirez le seuil de la porte pour faire face aux infinies possibilités qui s'offriront à vous, comment pouvez-vous avoir la

certitude que vos fesses n'étaient pas pendant
tout ce temps posées sur un fauteuil ?

DÉPÔT LÉGAL : MAI 2015

ISBN 978-2-9815027-1-1

PREMIÈRE ÉDITION

PUBLIÉ LE 18 MAI 2015